經商社匯 6

智力資本
知識管理 13 堂課

周宗耀◎著

此書謹獻給我逝去的母親

This book is dedicated to the memory of my mother

" It is not the answer that enlightens,

but the question"

———Eugene Ionesco

Foreword

The ability of a person or an organisation to exploit ones or its knowledge is becoming critical to achieving success. This is because there is an ever increasing requirement to adapt quickly to the changing world and only those who can acquire new knowledge and/or are able to effectively access past knowledge will remain ahead of competitors.

It is therefore important that insight is provided and guidelines are offered on how to maximise the use of knowledge through the implementation of knowledge management systems. These systems have much in common with long established data and information processing systems since they rely heavily on modern information technologies. However, they differ from previous systems in that knowledge has different attributes and needs to be managed differently from data and information. The distinction is fundamental to the study of knowledge management systems.

This book should provide the reader with a valuable understanding of how knowledge can be identified, created, acquired, stored, disseminated and used in a systematic and efficient manner. Its publication is very timely as we enter deeper into the knowledge economy of the 21st century.

Dr Dieter Fink
Associate Professor
School of Management Information Systems
Edith Cowan University
Perth, July 2002

芬克教授代序 (譯文)

　　在通向成功的路上，個體或組織發揮、利用知識的能力正變得至關重要。這是因爲時代越來越強烈地要求我們快速地適應這個變幻莫測的世界。只有那些能夠獲取新知識或高效地利用過去積累下來的知識的人，才能走在競爭對手的前頭。

　　因此，能夠提供見解及具體指導，如何去充分利用知識管理系統，以達到知識使用範圍最大化，就顯得尤其重要。由於同樣依賴於現代的信息技術，這些知識管理系統與早已建立起來的數據和信息處理系統有許多相同的地方。但是，它們也不完全一樣，因爲畢竟知識有其不同的特性。因此，對知識的管理自然不同於對數據與信息的管理。這個區別是研究知識管理系統的基礎。

　　這本書能讓讀者們更好地理解怎樣系統化、並有效地去識別、創造、獲取、儲存、傳遞和使用知識。正當我們進一步邁向二十一世紀的知識經濟時代的時候，本書的出版可謂恰當、及時。

迪特· 芬克博士

管理信息系統，副教授

依迪斯·科文大學

二〇〇二年七月，珀斯

Foreword

There is a general consensus among social and economic commentators that the power of organisations to transform their knowledge into value-creating activities will decide their future success in the knowledge-based economy. There is, however, much less agreement among scholars on the best ways to achieve this change. Knowledge Management is one of the latest innovative approaches that can help organisations to promote the generation, transfer and utilisation of organisational knowledge by creating the *right* social context and by providing the *right* technological infrastructure to enable and facilitate these knowledge processes. This book represents a comprehensive overview of most important knowledge management concepts, models and socio-technological enablers and facilitators that well informs and guides those readers who wish to improve their understanding of the phenomenon and embrace knowledge management in their businesses.

Dr. Meliha Handzic
Knowledge Management Research Group
School of Information Systems, Management and Technology
University of New South Wales
Sydney, July 2002

韓姬博士代序 (譯文)

　　社會和經濟評論家們基本上一致認爲，一個組織把知識轉變爲創造價值的活動能力，決定著這個組織在知識經濟中的成功與否。然而，在什麼是取得這種變化的最好途徑上，學者們尚存有爭論。知識管理是一種創新型的途徑。它通過建立一個恰當的社會環境和提供適當的技術設施，促進和加強企業單位中組織知識的產生、轉移和應用過程。這本書對重要的知識管理概念、模式和那些有利於知識管理實施的社會、技術因素進行了綜合、廣泛的探討。對於那些想提高對知識管理的理解和把它應用到實踐中的讀者來說，本書值得一讀。

馬麗荷·韓姬博士
知識管理研究小組
新南威爾斯大學
二〇〇二年七月，雪梨

自序

　　恐怖主義和知識管理似乎是風、馬、牛不相及的兩件事情，很難把它們聯繫在一起。可是，你聽說過全球知識經濟委員會正在給去年美國剛成立的反恐怖組織——國土安全局（Homeland Security）講授有關知識管理的課程嗎？

　　知識管理，從一誕生開始，便受到西方企業界、政府部門、研究機構的重視，被稱為二十一世紀的創新管理思想。經過十幾年西方企業界和管理研究人員的探索和努力，現已發展成為一門漸趨成熟的、綜合性的學科。作為一門管理學科，知識管理的最大特點是與企業的管理實踐緊密相關，更隨著不斷的實踐而發展。筆者以前在依迪斯‧科文大學的一位念博士的同事把知識管理形容是個移動的靶子，我想這或許是它魅力之所在。儘管到目前為止，西方管理界在這個領域有很多方面還沒有達成共識，知識管理，作為知識經濟熱潮中的一個焦點，仍然保持著它誘人的魅力。

　　相信工商企業界、學術界和任何對現代管理感興趣的個人都會對這樣的一門學科給予重視和研究。可以說，在邁向知識經濟時代的今天，任何忽視知識管理的企業和個人都可能為此而付出沉重的代價。技術的迅猛發展、市場的急速變化，特別是全球化所帶來的日益激烈的競爭環境，正迫使企業尋找應變、發展之策。「他山之石，可以攻玉」。知識管理，作為一種

新興的管理思想，正是西方企業和管理學家尋求應變發展的產物。故此，希望這本書能給那些尋求競爭優勢的企業提供一些借鑒。

本書在撰寫過程中側重對知識管理理論作全面的介紹和探討，同時也穿插著一些理論應用的實際例子。目的是讓讀者對知識管理有一個系統的認識。這是把管理理論應用到企業實踐中的前提。考慮到讀者的背景不同，作者在寫作時盡量避免使用專業技術術語，而試圖採用簡單易懂的語言對知識管理的理論和技術進行描述，希望讀者能從閱讀中較輕鬆地理解和領悟知識管理的內涵。

本書一共分為四篇。我們建議讀者按順序閱讀，以對知識管理的發生發展有全面的了解，獲取閱讀的最大效果。但本書各自成篇，讀者也完全可憑興趣挑選相關的章節閱讀。下面分別對各篇作簡要的介紹（請同時參考第13頁的本書架構圖）：

- 第一篇是知識管理導論。主要介紹知識管理產生的時代背景、知識管理的基本概念、歷史起源及其發展趨勢。

- 第二篇是策略篇。主要考察企業策略的管理過程，它與知識管理間的內在聯繫，以及探討知識管理策略制定和實施過程中的一些相關事項。

- 第三篇管理篇著重介紹如何在企業中實施知識管理。這是本書的重點。知識管理涉及到企業經營活動的各方面。這要求企業從一個新的角度和更高的層次對原來的人力資源管理、技術管理、系統管理、結構設計和企業文化建設等給予新的思考。本書正是就這幾個方面分別展開闡述，並試圖為企業應付新挑戰提供應變之策。

●第四篇是評估篇。評估篇主要探討企業如何對知識管理過程
的有效性進行評估鑒定，以及如何對知識管理的成果——知
識資產進行衡量。

　　知識管理的最終目的是提高企業的競爭力，提高企業的盈
利水平。通過知識管理，把企業轉變成一個學習型的組織，轉
變成一個高效率、富有前瞻性、創造性的組織。因爲，學習、
創造、再學習、再創造是知識時代的主旋律。

二○○二年五月十九日於雪梨楓樹屋

本書架構圖（知識管理架構圖）

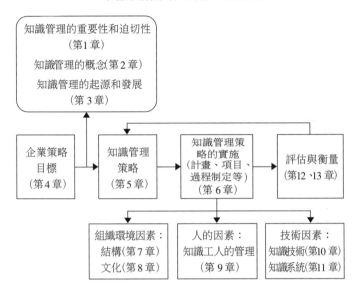

本書圖表索引

目 錄

導論篇

第一章 為什麼需要知識管理？

什麼是知識管理？為什麼企業需要知識管理？是不是所有的企業、機構都需要知識管理？在什麼時候需要？知識管理究竟包括哪些方面的內容？如何實施？怎樣衡量實施的有效性？所有這些，都是本書嘗試要回答的問題。在我們討論這些問題之前，讓我們首先簡單回顧一下知識管理產生的時代背景。出於敘述的方便，本書在探討知識管理時主要以營利性企業作為討論對象。其實，知識管理的許多原理都可以應用到非營利性的事業單位、政府機關甚至軍隊。

第一節　迎接知識時代的挑戰

　　從經濟發展的角度分析，人類社會在歷史上經歷了幾次重大的、影響深遠的變遷。可以說，每一次的變遷都是文明社會的一次進步。而且，每個時代都有它相應的、卻又獨特的經濟特徵和知識需求。原始人靠打獵和採摘為生。他們以群聚為居，靠捕獲動物和採摘野果維持生計。據考古學家推測，原始人一般一週花十五小時以上的時間進行打獵，剩下的時間則用在文化和宗教活動上。這個時代對操作性的知識需求很低。唯一需要掌握的也許只有打獵的技能。文化和宗教上的知識也處於啟蒙狀態。沒有正式的知識傳授管道。獵人們在打獵的實踐中學會捕獵的知識。

一、農業時代

　　農業時代也稱農業經濟時代。在農業時代，人們逐漸學會飼養家禽、使用工具（如耕犁等）和種田耕地。考古學家認為，人類前後花了幾個世紀的時間完成了從史前時代到農業時代的轉變。它的時代特徵是大多數人住在農村，在農田裡幹活，過著自給自足的生活。除此之外，農民還會把多餘的穀物和家禽送到臨近的市場進行交換。這個時代對操作性知識的需求增加，但主要集中在農業生產方面，如對農具的使用等。文字的發明使得知識能得以記錄和保留。文化和宗教方面的知識有了極大的發展，形成世界範圍內多姿多采的意識形態和宗教思想。造紙、印刷術的發明則使知識能夠得到比較廣泛的傳

播。

二、工業時代

工業時代也稱工業經濟時代。十六世紀的工業革命宣告了工業時代的來臨。人口的增長、工廠的出現以及機器的普遍使用，導致多餘勞力從農場走進了工廠。雖然工人在工廠幹活主要以體力為主，但他們還是需要掌握使用機器的技能。新手一般由熟練工帶著，形成了至今還被廣泛採用的師傅學徒制度。工種的細分提高了工作的效率，同時也對工人的技術水平有更高的要求。泰勒（Taylor）科學管理技術的出現，使企業管理趨向於科學化和系統化。而福特（Ford）流水線的使用，則使大規模的生產管理成為可能。

三、信息時代

信息時代也稱信息經濟時代或後工業經濟時代。開始於二十世紀的五〇年代，信息時代的到來使得很多人從工廠走進辦公樓，從事與信息相關的工作。這些人被稱為信息工人。在信息時代，信息工人在數量上遠遠超過在工廠車間裡工作的人。信息時代的主要特徵是電腦的出現以及它在人們工作、生活中的普遍使用。電腦的使用大大地提高了人們處理信息的速度和效率，同時也對人的知識能力有了更高的要求。企業在經營管理過程中需要各種各樣的信息：有關產品的、市場的、競爭者的，以及客戶的信息等。及時了解和掌握這些信息，可以幫助企業的管理人員制定正確的經營策略和應變措施。在競爭激烈的市場條件下，能否獲取到及時、準確的信息成了事關企業生

存和發展的大事。

但是，信息爆炸所造成的信息過量卻妨礙了人們對信息的有效利用。一個企業經理可能一天要收到幾十、上百份的報告、總結、信函、電子郵件和宣傳品等。且不提這些信息中可能存在著已經過時的或者不準確的內容，單是閱讀這些信息就要占據經理們大量寶貴的時間。實際上，信息過量已經極大地阻礙了企業決策者的思維能力和創造能力的發揮。如何從這巨大浩瀚的信息海洋獲取所需要的、有用的信息，成了管理決策中的一個難題。自然，對這個難題的探討成了知識時代發展的推動力之一，也是知識時代所嘗試要解決的課題之一。

> 如何從這巨大浩瀚的信息海洋獲取所需要的、有用的信息，成了管理決策中的一個難題。

四、知識時代

自二十世紀八〇年代後期以來，西方發達國家先後又經歷了歷史上的又一場革命——以知識為主導的知識革命。借助於日新月異的信息和通信技術，特別是近年來互聯網技術（internet）和電子商務（e-commerce）的發展，這一場革命無論是在規模上或者是性質上，都將給人類社會帶來深遠的、不可估量的影響。

從上述各個時代的變遷我們可以看出一個規律，每個新時代的出現總是伴隨著新技術的出現。如果說農業時代的技術象徵是「耕犁」、工業時代的技術象徵是「蒸汽機」、信息時代的技術象徵是「電腦」的話，那麼知識時代的主要技術特徵就是知識技術、結合以互聯網為首的「網路」技術的發展。這場網

路革命已經導致了全球一系列的變革，而且還將會繼續帶來革命性的影響。

北京大學的蕭琛教授認為信息網路革命將徹底改造世界社會經濟。網路革命不僅使得「自由通信」成為現實，改變了消費者、勞動者和投資者的思維和行為方式，而且締造了新的主導產業部門。「它不僅帶動了信息技術產業和信息商品化產業，而且正在帶動衛星太空產業、生物工程產業和新型材料產業等等，使得人類的知識情趣、生活工作方式和整個地球的面貌發生難以想像的變化」（《全球網絡經濟》，華夏出版社，蕭琛）。

知識時代也被稱為新經濟時代。在知識時代裡，知識就是生產力。美國的未來學家Toffler（托夫勒）在他的震撼性著作《第三次浪潮》和隨後的《權力的轉移：知識、財富和暴力在二十一世紀邊緣》裡宣告工業時代結束的同

> 在知識時代裡，知識就是生產力。

時，預言了一個新經濟時代——知識時代的來臨。在書中，他宣稱知識是高質量動力的源泉和未來權力轉移的關鍵。他同時堅信知識將成為其他資源的最終替代品。

有別於傳統工業時代，這個新時代的主要特徵是它不再依賴於傳統產品和服務。在知識經濟時代裡，許多市場上的東西，如電腦軟體和電子娛樂產品，都是知識型產品，缺乏實體形式。即使那些有實體形式、可觸摸得到的東西，如藥品和汽車，它們的價值也主要取決於在生產過程中的技術水平和知識含量。一句話，知識成了可持續發展的重要資源，而且可能是唯一的、不可替代的資源。

學過傳統西方經濟學的人大概都知道有一條「收益遞減定律」(Law of diminishing returns)，這個定律在十六世紀英國古典經濟學家亞當·史密斯（Adam Smith）關於在工業社會裡資金、人力和土地是社會生產的三大基本要素的原理上，提出資金的多餘投入及其產出並不成正比關係，也就是多餘的投入，收益不但不會隨著額外資金的投入而增加，反而會減少。額外的資金投入越多，其能產出的額外收益越少。換句話說，在達到一定的資金水平後，生產率並不隨著資金的增加而增長。這樣，一個國家或企業要發展，必須靠擴大再生產，擴大對廠房、原材料和設備的投資，招聘更多的員工。然而，資源的有限性往往成為制約一個國家和企業持續發展的瓶頸。

> 知識成了可持續發展的重要資源，而且可能是唯一的、不可替代的資源。

現在，許多西方經濟學家斷言，這條原來運作於傳統工業經濟時代的「收益遞減定律」將不再適應於知識經濟時代。恰恰相反，知識遵從的是「收益遞增定律」(Law of increasing returns)。隨著知識的分享和使用，新的知識不斷被產生、積累、傳播和再利用，這種知識的滾雪球效應會使得企業越來越有創造性，因此能夠提供更多的知識型產品和服務。在知識經濟時代，生產率隨著知識的增加而增長。

這樣，原先傳統工業社會習以為常的許多生產和競爭方式、規律都面臨著挑戰。企業管理和經濟理論有著密切的關係。許多企業管理思想都受著相應經濟理論的支配。過去，一個企業想要開拓市場，發展跨地區或跨國業務，企業必須派人到該地方建點設廠，或者開設辦事處，開辦及維持費用大。現

在由於互聯網和電子商務技術的應用，企業可以通過建立網站與國內外其他地區的業務夥伴和消費者建立直接的關係。這是一種全新的、不須面對面的，不受時間和空間距離約束的關係。由於互聯網技術的廣泛使用和電腦行業自身劇烈的競爭，建立網站的費用越來越低，企業不需要太多的投入便能達到過去無法做到的效果。還有，過去企業競爭靠的是硬體投資，利用先進的廠房、設備和技術去取得競爭的優勢。現在企業競爭靠的是人才，靠的是蘊藏在員工頭腦中的智力資本，靠的是知識。硬體設備在知識經濟時代已不再像以前一樣起著決定性的作用。知識，只有知識，才能使企業在現代的經濟競爭中處於優勢。

這突出表現在所謂的新經濟企業或知識型企業身上，如軟體巨人微軟（Microsoft），網站之星亞馬遜（Amazon）和雅虎（Yahoo!）等。微軟公司能在短短二、三十年中從一個車房發展成當今首屈一指的跨國軟體巨頭，有它的歷史特殊性，但是它的成功離不開掌舵人（比爾‧蓋茨）Bill Gate的高瞻遠矚，也離不開微軟正確的市場策略，更離不開微軟層出不窮的知識型創新產品。而所有這些，歸根結柢是由於微軟不僅擁有一班電腦界的菁英，而且在於它善於利用和發揮員工的知識、才能去取得市場的領先地位。這使得微軟成為把知識價值化和商品化的典範。

網站明星企業亞馬遜和雅虎都成立於一九九四年。經過五、六年的高速發展，亞馬遜已成為全球電子商務和互聯網上的一個著名品牌，其銷售額在二○○一年超過三十億美元。雅虎也發展成為一個國際性的互聯網通訊商務和媒體公司，向全

球客戶提供網路服務，其品牌更排在世界最著名的消費者品牌榜的第三十八位，價值六十三億美元。

與此同時，傳統的工業企業，面對前所未有的競爭壓力，也不得不實行變革去適應新的變化和新的環境要求。西方許多傳統型的生產和礦產企業都紛紛改變原來的勞動密集型的生產方式，利用現代的信息和通信技術，對企業進行技術改造，結構調整，以迎接知識時代的挑戰。「順潮流者興，逆潮流者亡」。任何一個想在知識時代繁榮昌盛的企業，必須接受這樣的一個現實：知識正在取代傳統工業時代的資源——資金、人力和土地，成為決定企業興敗的關鍵因素。

> 只有知識，才能使企業在現代的經濟競爭中處於優勢。

第二節　打開企業智力的源泉

正是在這樣的一個背景下，知識管理作為一種適應新時代的管理思想和管理工具，也慢慢在西方企業的管理實踐中發展形成。它綜合了企業策略學、現代信息管理學、人力資源學、檔案管理學、企業行為科學等多門學科，利用先進的網路技術，幫助企業迎接知識時代的挑戰。它與電子商務和虛擬公司（virtual organisation）的出現和普及緊密相關，自然成為近年來西方社會和企業界的一個熱門話題。那麼，知識管理究竟在企業經營中起什麼樣的作用呢？

一、驅動知識管理發展的因素

　　每個企業可能都或多或少地、有意識無意識地在經營中進行一些與知識相關的管理活動。但是，這些活動可能都是處於不自覺或者針對性不強的狀態。現在，為了迎接知識時代的挑戰，企業必須明確地、有目的地對本企業的知識進行系統管理。除了上面提到的「收益遞增定律」的作用外，驅動知識管理發展還包括下面幾個因素：

- 信息爆炸所造成的信息過量和信息處理技術的普遍應用，要求企業提高自身的知識水平，提高處理信息、應用技術的能力。
- 不斷壯大的服務行業和不斷增加的知識型工作，使做好與知識相關的工作成為企業經營過程中的一個緊迫課題。
- 企業員工的工作逐漸從以前的長期性質轉變為短期的、合同制的形式。這種工作性質上的轉變要求企業重視對知識的保存和再用。
- 國際投資者從原來側重公司盈利、股息分派轉變為側重股票價格增長所帶來的資本增值。這意味著投資者更側重於長線的投資。這種觀念上的轉變要求企業在注重短期盈利的同時，更應注重企業長期、持續的發展。企業必須成為學習型的組織，才能在激烈的競爭中立於不敗之地。很多人都明白這個道理：現代國家間的競爭、企業間的競爭，歸根結柢是人才的競爭。但是，如何吸引人才、留住人才、發揮人才的聰明才智卻有很多的學問。

　　在這裡必須強調的是，不能把知識管理簡單地與人事管理

畫等號。知識管理在企業管理中的功能範圍要比人事管理廣泛
得多。知識管理學奠基人之一、美國全球知識經濟委員會顧

> 知識管理具有控制功
> 能、儲備功能、運作功
> 能和價值功能。

問、美國知識研究學會主席衛格（Wiig）認
為知識管理具備四個功能，它們分別是控制
功能、儲備功能、運作功能和價值功能。這
四個功能所覆蓋的範圍各不相同。控制功能
負責對與知識相關的活動做自上而下的控制；儲備功能主要負
責建立和維持知識設施；運作功能著眼於更新、轉移和管理知
識資產；最後，價值功能側重於利用知識資產，為企業創造新
價值。

二、知識管理所涉及的活動範圍

　　根據上述所談的知識管理的功能範圍，衛格認為知識管理
至少涉及下面八個運作活動：

1. 勘察、開發，和維持企業的智力資源。

2. 宣揚創新精神，讓企業所有員工都參與到知識創新的過程
中。

3. 根據企業的實際情況，確定能幫助企業提高效率的知識和專
長，加以歸類、包裝，並且把它們傳遞到相關的地方，以便
做進一步的發揮和利用。

4. 調整和重組企業結構，以便更好地利用知識。利用一切機會
開發知識資產，縮短與競爭者的知識差距，增加產品和服務
中帶有高附加值的知識成分。

5. 根據企業的目標和需要，有目的地建立和控制那些與知識相
關的、著眼於未來的活動和策略，特別是那些能獲得新知識

的投資項目。例如，研究和開發（R&D）資金的分配、與其他公司的結盟、收購合併其他企業、比較重要的租賃或出讓項目等。

6. 確保企業裡最有用的知識、最佳的業務處理程序的再利用，防止本企業裡獨特的知識被競爭者所竊取，還有保護知識產權不被他人侵犯。

7. 提供一個知識管理的架構，使企業的政策、設施、業務程序和要求以知識管理為中心，以便企業能夠構造一個支持知識管理的文化氛圍。

8. 對知識管理進行效益評估。像管理其他有形資產一樣，設立知識資產帳戶，對知識資產項目進行記錄和分析，以便及時掌握知識資產的建立、利用和更新情況。

三、知識管理的作用

由此可見，知識管理所涉及的範圍極其廣泛，在企業的經營管理中的作用顯著。它的實施能夠極大地提高企業的運作效率和應變能力。知識管理給企業所帶來的潛在效益可具體歸納為下面幾點：

● **增加企業價值**：最近美國的一個調查披露美國大公司的有形資產的價值占不到整個公司市場價值的10%。接受調查的公司一共有四百六十六所，雇用的員工總數超過三百萬，年銷售總額將近八千億美元，市場資本總額超過五萬億美元。然而，它們的有形資產的價值加在一起，只占其市場價值的9.15%。剩下的90.85%屬於無形資產的價值，這其中包括品牌、顧客關係和其他知識資產的價值。由此可見，對無形資

產，特別是知識資產的管理，對增加企業的價值極其重要。

● **提高企業盈利水平**：美國的查普拉（Chaparral）鋼鐵公司有意識地通過工作的輪換，和高級管理人員與工廠底層工人的經常接觸，鼓勵知識分享。公司提供各種各樣的獎勵給那些能提出創新點子的工人，從而改善產品質量、提高工作效率。其生產率比其所在鋼鐵行業的平均生產率高出一倍，達到每小時一點五人能產生一噸鋼鐵的水平。

● **保持產品和服務的連續性**：惠普（HP）電腦公司在北美擁有一班產品銷售顧問，原先，他們在自己的銷售領域裡各自為政，幾乎老死不相往來。這樣，不僅成功的銷售經驗沒能得到分享，同時也造成各地區的服務質量參差不齊。四年前，惠普成立了一個知識管理小組，在這個小組的協助下，惠普人通過每月一次的電信會議，把各地的銷售顧問請到一起分享知識。他們把這個活動與公司當時的經營重點結合起來，與公司的經營目標保持一致。通過這種定期活動，使參與人員受益匪淺，不僅加深銷售人員對產品的認識，提高了他們的軟體銷售和安裝水平，而且統一了公司軟體在整個北美地區的銷售價格。

● **開發新產品和新服務項目**：雪梨的蘭德利斯（Land Lease）是一家大型的跨國地產開發、建築公司。為了發展的需要，公司決定改善辦公環境。由於當時公司所在的辦公樓比較舊，公司面臨兩個選擇：要不推倒重建，要不重新選地蓋樓。這兩個選擇都費錢費力。為了減少開支，公司決定對所在的舊樓房進行重新裝修，在整個裝修過程中，公司積累了大量的裝修經驗，這經驗成了公司開發服務新項目的基礎。不久

後，公司決定成立專業的裝修隊伍，對外接收裝修服務項目。

- **使公司間的合作或合併順暢**：在與其他企業進行合資合作或者在對其他公司進行收購前，知識管理可以幫助企業對合作公司的管理能力進行評估。了解對方公司是否能和本公司互相取長補短。通用電氣塑料（General Electric Plastics）公司於一九八九年決定與一家叫寶利馬（Polymer Solutions）的產品設計公司進行合資，為生產廠商提供一步到位的服務。其實，通用電氣塑料公司參與這個合資項目有另外的目的，他試圖通過合資，讓自己公司的材料工程師能夠參與和影響產品的設計過程，從而保證公司的特殊材料市場。可是，當合資公司成立不久接到第一個訂單後，管理人員很快便發現難以完成合同任務。原因是雙方都缺乏生產技術方面的工程師，所以沒辦法設計出能夠製造塑料鑄件的工具。

知識管理的基本概念

前面，我們介紹了知識管理的作用和它所涉及的功能範圍。那麼，究竟什麼是知識管理呢？它與我們較常聽到的信息管理又有什麼不同呢？這一章裡主要介紹一些與知識管理相關的概念，並從組織管理角度給知識管理下定義。在我們給知識管理下一個比較準確的定義之前，我們有必要先弄清楚知識的概念、知識的類型，及它是如何產生的？它與平時我們經常接觸到的數據、信息之間有何關係？所有這些都有助於加深我們對知識管理的理解。

第一節　知識就是能力！知識就是行動！

什麼是知識？一提到知識，似乎我們都知道它指的是什麼。其實，要真正給知識下個準確的定義並不是一件容易的事情。到目前為此，專家學者對於知識的定義還沒有一致的意見。不同人對知識有不同的理解。所站的角度不同，可以得出完全不同的結論。我們權且稱之為人的知識觀。德國的知識管理學家曼克洛（Von Krogh）從認知角度和構造角度對知識作過生動的比較（見圖表 1）。從圖表 1 我們可以看到，這兩種觀點差距甚大，而且很難說誰對誰錯。觀察者世界觀不同、所站角度不同，故此其知識觀也就不一樣。

其實，早在兩、三千年前，東西方的先哲們便對知識和與知識相關的課題進行過孜孜不倦的探求。人類的歷史可以說是知識產生、傳播和發展的歷史。除了哲學和宗教方面的知識外，知識總有它實際應用的、與工作密切相關的一面。這些知識能夠幫助人們在企業經營中作出正確的決策。現代的企業單位為了對付激烈的競爭，為了生存和發展，需要具備所處環境的知識、需要具備產品市場的知識、需要不斷創造新產品和服務項目、不斷提高解決問題的能力。怎樣獲取這些知識？怎樣對這些知識進行管理？正是知識管理所關注的問題，也是本書所關心的問題。

因此，從實際應用的角度出發，知識是人類對某種現象或某個事物的理解，是一種解決和處理問題的能力。它只能通過實踐或學習獲得。對於個體來說，獲得知識有兩種途徑，一是

從自己的經驗裡學，從實踐中學。經這種途徑所獲得的知識被稱之為直接知識（直接經驗）；另一個是間接學習，向專家學習，或者從傳統的書本、雜誌，以及現代的電子數據庫、光碟和互聯網等學。通過這種途徑所學到的知識被稱之為間接知識（間接經驗）。

認知觀點	構造觀點
知識是一種重新表達的行為	知識是一種構造或創新的行為
知識建立在大腦結構和思維過程的正式模式上	知識是一門創造性的藝術：世界是被創造出來的
知識與大腦是一個有機的整體、被大腦的結構所支配	知識存在於人的身體裡，並與感覺和經驗相關連
知識是通過認知過程產生的：在這個過程中，大腦對接收到的東西進行信息處理和邏輯推理	知識只在能給人提供有效行為指導的條件下產生
知識具有世界性：同一認知系統應該能取得同樣的知識結構	知識並不具有世界性：每個個體所創造出來的世界都是獨特的
知識是顯性的：它能夠被編碼、儲存和轉移	知識既是顯性的、又是隱性的：隱性知識高度個體化，很難被語言表達出來，因此很難被分享
知識是那些外界認為是真實的個人信仰	知識是那些取決於個人獨特觀點、個人的感覺判斷、個體的獨特經驗的個人信仰
知識的產生是一個學習的過程，這個過程導致人們逐漸增加對外部世界的認識	知識的產生既是一個學習的過程，也是一個需要其他人一起參與的社會過程

圖表1：知識觀的比較

第二節　關於知識的幾種不同分類

　　知識通常被分為兩種類型：顯性知識（explicit knowledge）和隱性知識（tacit knowledge）。那麼，究竟什麼是顯性知識？什麼是隱性知識呢？在這裡，顯性知識指的是客觀的、理論性的知識，而隱性知識指的是主觀的、操作性的知識。日本的管理學家野中（Nonaka）和竹內（Takeuchi）把顯性知識定義為包括文字符號、規格尺寸、手冊說明書等能用語言文字表達出來的東西；把隱性知識定義為蘊藏在大腦裡面的、看不見的、涉及個人信仰、價值觀等、只能從個人體驗中得到、同時又難以用語言表達出來的知識。簡單地說，顯性知識能夠被表達出來，而隱性知識卻只藏在人的腦子裡。

　　大多數人對顯性知識都比較熟悉。顯性知識是人類知識得以保留和傳播的主要方式。傳統學校的課本教材、書籍報紙、培訓資料、音響錄像等都是顯性知識的載體。顯性知識的主要特點是它容易在人與人間傳播。隱性知識則高度個體化、難以用語言文字表達、難以交流或與其他人分享。它包括主觀見解、直覺和預感等。隱性知識深深植根於個體的行動和經驗中、也深藏於個體的理想世界、情感和價值觀念裡。

　　根據野中和竹內的觀點，隱性知識具有兩個方面的特性：技術特性和認知特性。技術特性指那些說不清、講不明的技巧或手藝。一個雕塑大師在長年的創作實踐中積累了豐富的經驗，能在一瞬間變腐朽為神奇。但他卻未必能用三言兩語解釋清楚他成功的祕訣、解釋清楚蘊藏在他手藝背後的科學根據或

技術原則。認知特性則包括個人信仰、思想觀念和看法。這些
觀念看法是個人對現實和未來的主觀反映。它們在個體的知覺
活動中是如此的根深蒂柢固，以致不容易被覺察出來。但它們
卻在潛意識中影響著人的一切思維活動，左右著人對周圍環境
事物的看法。

　　由於這兩種知識所呈現出來的不同屬性，顯性知識能較容
易地用電腦進行處理、用電子的方式進行傳播和能被儲存在電
子的數據庫裡。而隱性知識則不同。既不
容易用電腦對其進行系統化的處理，也不
容易進行電子傳播。隱性知識的轉移和傳
播需要傳授者和學習者雙方面對面的積極
參與。傳統的言傳身教是傳授隱性知識的一個極有效的途徑。

> 我們知道的東西比我們能
> 夠表達出來的要多。

　　隱性知識這個概念最早是由德國的數學家和哲學家帕洛尼
（Polanyi）在二十世紀五〇年代提出來的。他認為隱性知識是人
的所有知識中必不可少的一個組成部分。由於人類總是通過積
極地產生和組織自身的經驗來獲取知識。實際上一個人能表達
出來的只占他所掌握知識的一小部分。所以，帕洛尼說：「我
們知道的東西比我們能夠表達出來的要多」（We know more than
we can tell）。打個比方，如果把一個人所掌握的知識比喻為一
座冰山，那麼，露在水面上的、占總體積不到20%的是顯性知
識，其他剩下的、蘊藏在海底下的都是隱性知識。

　　德國哲學家維特根斯坦（Wittgenstein）也意識到人類語言
的貧乏性。因此，他認為，「凡是不能言語的，則保持沉默」
（Whereof one cannot speak, thereof one must be silent）。但是，
「他終於還是說出了一大堆不可言語的東西」（《維特根斯坦哲學

導論》，C. A. 范坡伊森著，劉東、謝維和譯，四川人民出版社）。這表明隱性知識還是可以轉化成顯性知識而被表達出來。「它以明顯地表明可以言說的東西作為一種方式來指示不可言說的東西」。

帕洛尼在他的著述中還認為，隱性知識是人的心智的根本動力，它創造顯性知識、賦予顯性知識以意義、並控制顯性知識的運用。自從隱性知識這個術語被創造出來後，它在知識管理文獻中被廣泛地引用，一直被沿用至今。

當然，並不是所有的學者都同意把知識作顯性和隱性的分類。有的人認為知識是一個不可分割的整體。一個人根本不可能分清他所掌握的知識中哪些是顯性知識、哪些是隱性知識。所以作這樣的分類毫無意義。有的人則認為，可能存在第三種類型的知識，這種類型的知識介於顯性知識和隱性知識之間，稱之為「不顯性知識」（implicit knowledge）。本書採納了目前被西方學術界所普遍接受的、把知識作顯性和隱性之分的觀點。筆者認為，作這樣的分類能加深人們對知識轉化和創新過程的認識。

除了在個體層次上把知識分為顯性知識和隱性知識外，對知識我們還可以作其他的分類。從集體和個人的角度看，知識可以被分成組織知識（organisational knowledge，或稱集體知識）和個體知識（individual knowledge）。個體知識指的是個人所擁有的知識。組織知識是企業關於產品、服務、市場和經營等方面的集體知識，是一個企業裡所有個體知識的總和，是企業在經營管理過程中積累下來的智慧結晶。顯然，個體知識是組織知識的源泉。但是，個體知識屬於個人所有，不是組織的財

產。一旦個人離開企業，他或她所擁有的知識也被帶走了，只有組織知識才屬於企業所有，企業可以把它們轉化成受法律保護的知識產權（intellectual property），防止其他個人團體的非法侵犯。

　　從企業內部不同層次的工作需要看，組織知識還可以被分為操作性知識、戰術性知識和策略性知識。操作性知識為企業生產、銷售一線的員工們完成他們的日常工作所需，它與具體部門的日常運作活動緊密相關。例如，一個車間的主管必須了解材料的損耗是否超過所定的耗料標準，或產品在某道工序的生產時間是否超過所定的標準時間。上述的這些標準都是根據過去企業生產所總結出來的知識經驗制定出來的。同樣的道理，負責某區域的銷售經理需要了解企業過去在該區域的銷售業績，以便預測本期

> 組織知識可以被分為操作性知識、戰術性知識和策略性知識。

的銷售額以及制定保障銷售任務完成的措施；戰術性知識則是中、低層經理們所必須掌握的知識，用於完成他們職責範圍內的工作，監督指導短期工作目標的實現。不像操作性知識主要來自於企業內部知識的積累，戰術性知識是內外部知識的綜合。例如，為了了解在各個地區企業的總體市場表現，市場經理不僅需要具有企業產品銷售的內部知識和信息，而且需要了解市場中競爭者的產品特點、它們的銷售和發展情況等；最後，策略性知識是企業裡最高層次的知識。它們是高層決策者們決定企業發展方向、設立戰略目標和制定相應策略時所需要的知識。這些知識大多數來源於企業外部。如國家以至全球的經濟氣候、政治、經濟政策的變化、管理、技術的發展情況和

市場競爭的變化和發展趨勢等，都是策略性知識的組成部分。這些知識一旦實現與企業內部知識的良性結合，則為企業策略的制定提供堅實的基礎。

第三節　知識不等同於信息和數據

　　很多人對知識、數據和信息之間的關係並不清楚，而且經常把它們混為一談。掌握它們之間的關係有助於對知識和知識管理的理解。知識與數據和信息相關聯，但又不等同於數據和信息。美國管理大師Drucker（杜拉克）認為，數據被賦予相關性和目的性後便成了信息，在把數據變為信息的過程中需要知識。數據是人們對客觀事物的一種抽象反映。它可以是一組數字、一段文字或一組聲音圖像。信息是經過被處理過的、帶有某種意義的數據。數據經過蒐集、加工、分析後便成為信息。信息一旦被分享和利用，結合當事人的經驗和當時的背景，可以產生新的知識。

一、數據

　　對企業來說，數據主要指對經營活動所發生事件的檔案記錄。例如，一個消費者上某家商場買了一件衣服。對於這家商場來說，這個顧客在什麼時候買的衣服；買了什麼款式的衣服；花了多少錢等，這些都是商場在經營過程中可能產生的數據。至於這個顧客為什麼到這家商場，而不到別的商場；他或

她還會不會再到這家商場買衣服或其他東西，則無法從這些數據得知。

　　企業在經營過程中會不斷地產生各種各樣的、有關市場的、客戶的、成本的，和員工的數據。不論是人工存檔或電子存儲，這些數據一般由不同的部門整理、輸入、並保存。以前，對於那些使用電子信息系統的企業，數據多被分散管理。不同部門有各自的數據處理系統。如會計部有會計數據處理系統；市場部有市場營銷系統；人力資源部有人事管理系統。現在，多數企業都建立起中央數據管理系統，把數據集中存放在一起，以方便查詢。最近在數據管理上的一個發展趨勢是把數據管理和電子商務、互聯網技術和無線通信技術結合在一起。這樣，管理人員可以利用個人電腦或手提電腦在地球的任何一個地方上載和下載相關的數據。

> 數據被賦予相關性和目的性後便成了信息，在把數據變為信息的過程中需要知識。

　　不同企業對數據處理的需求不同。有的行業、企業在很大程度上依賴於對數據的處理，如銀行、金融、保險公司，或電訊、電力部門、戶籍部門等。毫無疑問，檔案的記錄和保存，高效的數據管理對這些單位至關重要。

二、信息

　　不像數據，信息帶有一定意義。信息是處理過的、帶有意義的數據。企業在經營過程中需要各方面的信息以幫助做出正確的決策。電腦的使用大大提高企業處理信息的能力。現在企業裡的許多信息處理工作基本上都由電腦完成。信息處理實際

上是利用電腦對數據進行加工處理，把收集到的數據轉化成企業所需要的信息。例如，某企業今年的原材料成本兩百萬元、銷售總額五百萬元、管理費用五十萬元等，這些都是一組組的數據。光看這些數據並不能給你提供什麼特別的啟示，它們只是告訴你一些事實。會計人員利用電腦會計軟體，對這些數據進行處理後，可以編製成利潤報表、資產負債表和現金流量表等，這些報表能提供很多有用的信息。通過閱讀報表，管理人員可以了解到本年度公司的盈利情況，可以分析、比較今年度和過去年度的盈利和成本變化等。

三、知識

知識是由經驗、價值觀、背景信息、對某件事件的理解等多種因素組成的結合體。在企業裡，知識蘊藏在資料、檔案裡，也蘊藏在企業的觀念、規則、習慣和工作流程中，人們通過比較、分析、演繹、歸納、交流等，能夠把信息轉化為知識。以前面所提的財務報表為例，在財務報表提供的信息的基礎上，分析人員對企業的經營業績和財務情況進行分析。做這樣的分析需要知識——不但需要有公司經營業務知識，而且需要有財務分析的知識。分析的結果產生高價值的知識——對企業過去、目前財務情況的深刻了解，對戰略實施有效性的掌握等——這些知識能直接用於解決實際問題、決策參考，甚至對未來預測。

但是，在實際應用中，有時很難把數據、信息和知識完全區分開來。例如，一份銷售報告，裡面可能有銷售員的心得體會，也可能包括一些市場信息，同時還會羅列一些數據說明銷

售情況。因此，很多人喜歡把三者混為一談。為了更好地弄清楚數據、信息和知識間的關係，結合上節所述的顯性知識和隱性知識之分，我們繪製了圖表2，以便對它們之間的關係做形象化示範。

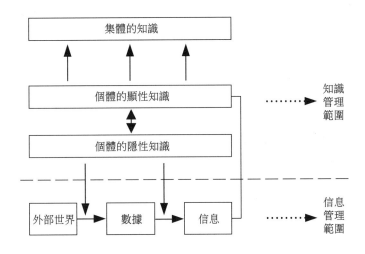

圖表2：數據、信息、顯性知識和隱性知識間的關係

圖表2顯示，數據是個人對外部世界的一種抽象反映。信息是被處理過的、有意義的數據。數據被收集、儲存，和加工後，便成為可以被利用的信息。顯性知識通常以信息的形式出現。從外部世界到數據，再從數據到信息，這整個過程離不開隱性知識的參與。隱性知識就像是一個過濾網，把混雜的東西給淘汰掉，使我們能得到我們想得到的東西。這也是我們經常把一些東西看作是理所當然的事情，而不加以追究的原因。

個體顯性知識和隱性知識的互動能產生新的知識（下一節會有更詳細的闡述）。企業的決策管理人員應該在企業範圍內促

進知識的轉化，並且在經營管理中做好新知識的記錄和保留工作，把它們變成可供繼續發揮、利用的組織知識。只有這樣，企業的管理水平和創新能力才能不斷地得到提高。

從圖表2我們還可以看到信息管理和知識管理的區別。信息管理主要考慮怎樣蒐集所需的數據、怎樣把數據轉化為信息、怎樣有效地利用信息和在適當的時候淘汰已經過時的信息。而知識管理關心的是顯性知識和隱性知識的互化、新知識的創造和現有知識的有效再利用。

第四節　如何創造新知識

知識的產生是知識管理學中的一個重要課題。因為新知識是任何發明創造的源泉。日本的野中和竹內在這方面的研究工作幾乎成了這個領域的經典學說。在他們的經典之作《知識創造型公司》一書中，野中和竹內認為顯性知識和隱性知識互相作用、互相補充，而不是互相分離、各自獨立。在人類的創造活動過程中，顯性知識和隱性知識互相作用，並互相轉化。他們的知識創新理論就是建立在這樣的一個重要論點

> 顯性知識和隱性知識的互動能產生新知識。

上：顯性知識和隱性知識的互動會導致知識的產生和擴充（Human knowledge is created and expanded through social interaction between explicit and tacit knowledge）。在他們的書中，野中和竹內解釋了日本的企業是如何在七、八○年代利用顯性知識

和隱性知識的互動進行發明創新，從而創造了一個令世人驚訝的經濟奇蹟。他們指出，日本企業之所以成功的關鍵，是他們對於知識作為形體和精神的統一體有著深刻的理解。他們認為西方企業和日本企業的不同之處，在於西方企業長期以來太過重視對現有知識的獲得、積累和應用，而忽視了對新知識的追求，這有礙西方企業創造性的開發。

　　顯性和隱性知識的互動是知識管理學中的一個重要假說。上節我們已經講到，顯性知識指的是客觀的、理論性的知識，而隱性知識指的是主觀的、操作性的知識。對知識的這個分類有助於人們加深對發明創造的認識。發明創造不只是簡單地把不同的數據或信息拼湊在一起就行，它是一個個體和組織自我更新、揚棄的過程。在這個過程中，員工的奉獻精神和員工與企業水乳相融的境界缺一不可。發明創造的目的是為了創造一個新的世界，這意味著重新塑造企業和企業裡的每一個人。這個過程是一個個體與組織連續地自我更新的過程。這個過程需要企業裡所有人的參與，而不是研究開發部裡僅有的幾個人的努力。

　　鑒於隱性知識具有難以交流和分享的屬性，它必須先被轉化為容易理解的文字或數字，也就是說把隱性知識先轉化成顯性知識。當這顯性知識被企業裡其他人吸收消化從而變成他們自己的知識時，知識完成了另一次的轉化：從顯性知識到隱性知識的轉化。這是一個連續地、螺旋式上升的過程。企業的組織知識就是在這個過程中不斷產生的。更準確地說，在任何一個企業裡，知識的轉化一共包括四個過程。它們分別是（見圖表3）：

- 社交（socialisation）。
- 外顯（externalisation）。
- 合併（combination）。
- 內化（internalisation）。

日本企業在八〇年代就是充分利用這知識互換的四個過程創造新知識、開發新產品和新技術的。

從＼到	隱性知識	顯性知識
隱性知識	社交	外顯
顯性知識	內化	合併

圖表3：知識轉化的四個過程

一、社交過程

社交過程是一個分享知識、分享經驗、產生隱性知識的過程。在這個過程中，人們學到新的知識或技能。早在兩千多年前，孔子便教導我們「三人行，必有我師」。傳統的師傅帶學徒，或者現代的老業務員帶新業務員的作法都是分享知識、分享經驗的例子。這種傳統的言傳身教方法仍然是最好的轉移技能的方法。我們都知道在實踐中學、在工作中學是最好的一種學習形式。這種學習方式學起來快、記得也牢。工廠的學徒在

師傅的指導下，通過觀察、模仿和不斷的練習，工作技能很快便能得到提高。

個案實例：日本三菱設計麵包機

　　二十世紀八〇年代後期，日本的三菱電子工業公司正開發設計一個自動的家用製麵包機。設計過程中的一個主要問題是如何把揉麵糰這個過程機械化。我們知道麵包師傅通常有一把揉麵糰的好手藝，這個手藝基本上是來自麵包師傅的隱性知識。三菱電子公司對經由麵包師傅揉過的麵糰和機器揉過的麵糰分別進行X光攝像，並作比較，但沒能取得任何的突破。當時公司裡負責軟體開發的塔納科了解到當地最好的麵包來自大阪國際飯店，為了能捕獲到揉麵糰的技能，塔納科和其他幾個工程師自願到飯店裡當徒工，師從飯店首席麵包師，學習製麵包技能。像首席麵包師那樣做出可口美味的麵包並不是一件容易的事，沒有人能知道裡面的原因。終於有一天，塔納科注意到麵包師在揉麵糰時，不只拉伸拉長麵糰，而且搓、拈、絞並用。她後來證明搓、拈、絞這幾道工序就是製作可口麵包的祕密。這樣塔納科通過觀察、模仿和練習，學到麵包師製作麵包的隱性知識。

二、外顯過程

　　外顯過程是一個試圖把隱性知識轉化爲顯性知識的過程。在這個過程中，隱性知識以文字、比喻、模型、概念或者數學公式的形式表達出來。文字是把隱性知識轉變成顯性知識的一種主要形式，然而，這種表達形式通常不能完整地、連貫地和

準確無誤地反映個人對事物的真正認識。詞不達意或者詞不盡意都是比較普遍的現象。

因為外顯過程能夠在所掌握的隱性知識的基礎上，創造新的、顯性的概念，所以這個過程是新知識產生的關鍵。那麼，怎樣快速有效地把隱性知識轉化為顯性知識呢？野中和竹內建議利用隱喻、類比和模型的方法來達到轉化隱性知識的目的。隱喻通過用言詞來表示與其字面意義不同之某事物，以幫助人們感覺或理解另外一個事物。通過讓讀者或聽眾透過一個事物看另外一個，隱喻能提供一個不同的思考角度，從而激發新奇的想法，並且產生體驗現實的新途徑。

另外，隱喻也是一個創造新概念系統的重要工具。因為隱喻利用詞或者詞彙間的豐富含義，把看來並不相干的事物聯繫到一起。利用隱喻，人們可以建立起原來風、馬、牛不相關的概念之間的聯繫，可以把抽象的、難以理解的概念轉變成具體的、可感受的事物。隱喻能夠發揮人們的想像力。隱喻中的不同概念或不同事物間通常有相似之處，也有不同、不連貫的甚至互相矛盾的地方。通過對這些東西的思考，能激發新意義的發現或新思想的形成。

隱喻中互相矛盾的地方一般能夠通過類比解決。由於隱喻時天馬行空，側重在想像力的發揮，而不注重不同事物間的差別。類比時則是理性思考和批判的時候。它側重在兩個不同事物間結構上或功能上的相似之處，通過找出它們間的共同點來找出兩者間的差別。因此，類比能幫助人們建立起已知和未知間的聯繫，並且架起從想像到邏輯的橋樑。

從隱喻中產生出來的新概念、新點子，通過與現實中存在

事物的類比後，能夠被製成模型。對於企業來說，這裡所指的
「模型」還停留在比較粗糙的程度：通常是指一些設計的草圖或
產品和服務的粗略敘述。

個案實例：日本本田開發新概念車

一九七八年，日本的本田汽車公司決定開發設計一種新概
念車。公司對產品設計有兩個要求：一是所設計出來的產品必
須與公司以前生產的所有車型完全不同；二是所生產出來的車
要便宜但又不低檔。為了完成開發設計任務，項目主管瓦特那
巴喊出了「汽車進化」（Automobile Evolution）的口號。這個口
號其實是一個隱喻：它把汽車當作一個生物。作為一個有機
體，它將怎麼進化？它的最終形式將會是什麼樣子？在這基礎
上，開發小組的成員展開激烈的辯論並且取得基本一致的意
見：一輛理想的車應該是「人最大，機器最小」（man maxi-
mum, machine-minimum）──也就是給機器以最小空間，給乘
客以最大空間。那麼，什麼形狀的車才能符合這個要求呢？本
田人利用類比的方法，把「人最大，機器最小」與球狀體進行
對比。因為球狀物具有容積大表面積小的特點。因此，他們把
車身形狀設計成球狀──既短又高。這種球狀車比傳統車輕，
較便宜，但又比較舒適、結實。風靡一時的HONDA CITY車就
這樣誕生了。

三、合併過程

知識的合併過程是把已有的顯性知識通過分析、歸類和重
新編纂，使之以新的形式出現，並且把這新知識系統地納入到

企業的知識系統裡。在企業中，個體通常通過文件、會議、電話會談或電腦通信網路交換和合併知識。通過對顯性知識（多以信息形式出現）的整理、增刪、合併和分類，企業能夠挖掘出新的知識。例如，前文所提到的財務報表就是知識合併的結果。

中層管理人員在合併知識、創造新概念的過程中，扮演著重要的角色。當中層經理根據企業的前景規畫和戰略目標制定具體的管理措施時，他們經常要採用知識合併的方法。近年來，互聯網、數據採勘和知識倉庫等成了知識合併過程中常用的新工具。有效地應用這些工具能為知識的合併提供方便。

個案實例：食品公司「微促銷」系統

克拉夫特食品公司是一家新鮮和加工食品製造商，公司連接零售商的銷售點系統（POS：Point of Sales）每天能蒐集大量的數據，他們不僅利用這些數據找出哪些食品賣得好，哪些賣得不好，而且利用這些數據創造新的銷售途徑──新的銷售系統和銷售方法。公司建立了一個「微促銷」系統。這個「微促銷」系統是一個信息密集型的營銷計畫，負責及時、準確地為超市提供有關暢銷商品信息，和廣告促銷情況。通過對所蒐集數據進行採勘處理（這是一個知識發現、合併的過程），系統能挖掘出新的知識──發現商店顧客的購買習慣和方式，如在哪個商店買了什麼東西等。

四、內化過程

內化過程指的是把顯性知識轉化為隱性知識的過程。個體

通過學習思考，拓寬了視野，加深了對事物的認識和理解，提高解決問題的技能。這同時也為新知識、新技能的產生奠定了基礎。例如，公司的產品技術人員通過培訓、學習，提高了對產品技術的認識和掌握，促進新知識的產生，為新產品的開發打下基礎。

內化過程實際上是一個學習、消化和吸收的過程。在這方面，知識管理所強調的與「學習型組織」（learning organization）理論的觀點一致。「學習型組織」是近年來西方企業管理學的另一個新理論。這個理論強調教育、培訓在企業管理中的重要性，強調企業應該成為學習型的組織，盡可能地、有意識地從自身和他人的經營實踐中學習。通過學習，把所獲得的信息內化，從而提高企業解決、處理問題的能力。這其實是從企業文化的角度強調對知識的管理，因為學習行為的形成植根於企業的文化土壤中。

為了促進內化過程的順利進行，知識必須通過言辭或圖表，以文件資料或故事的形式記錄存檔。把知識記錄存檔有兩個好處：一能幫助個體總結做過或學過的東西，加強理解，加深認識，進而豐富他們的隱性知識。二能方便顯性知識的轉移。通過為他人提供間接經驗，幫助他人加深理解。

個案實例：GE顧客服務中心數據庫

美國奇異（GE）公司在一九八二年建立了一個顧客電話服務中心。這個服務中心一年三百六十五天全天候營業，處理客戶對公司所提供產品、服務項目的疑問、要求或投訴等。中心兩百多名接線員一天之中最多能接到一萬四千個電話。中心的

數據庫裡一共儲存了一百五十萬條客戶可能問到的問題及問題的答案。這個數據庫系統具有在線診斷功能，利用最先進的人工智能技術，接線員能夠高速快捷地查找出問題的答案。任何問題的答案能在兩秒鐘內查到。要是找不出答案，則由十二名具有至少四年以上維修經驗的技術人員組成的專家小組負責解決。答案或解決方案由四名全職的程序員輸進數據庫系統裡，以保證系統信息的及時更新。信息經整理歸類後每月被分送到各個產品部門。另外，各個產品分部負責產品開發的人也經常造訪電話中心，與中心的接線員或技術人員交談，了解客戶所反映的意見和建議，探討提高產品和服務質量的途徑。

知識轉化的這四個過程在企業管理中有著廣泛的應用。不論是在產品開發、成本控制或者是顧客服務領域，這四個過程能幫助管理人員理解和分析知識在本企業運作中的相互轉換，從而有目的地加強產品和服務的創新過程。

第五節　知識管理的定義
——如何管理你企業中「難以管理」的財富

綜上所述，知識在企業裡的重要性不言而喻。每個企業在經營過程中都積累著大量的、獨特的知識，如技術資料、經營過程中的經驗教訓、市場以及客戶需求的知識等。這些知識應該被保留、轉移、分享和再用，並加以開發發展，以便形成企業的核心經營能力。這是企業的一筆寶貴財富——一筆寶貴的、無形的智力資本。恰當地開發和利用這筆財富能為企業創

造新的價值，使企業處於競爭的優先地位。因為知識有難以在短時間內模仿和超越的特性。設備上的優勢、產品上的優勢都只能造成一時的優勢，很快就會被競爭對手所趕上和超越。唯有知識上的優勢難以在短時間內趕上和超越。一旦企業擁有知識上的優勢，企業可以把它們轉化為受法律保護的知識產權。同時，企業都知道把具有競爭優勢的知識作為商業機密處理，使之難以被別的企業所竊取，這也是微軟公司能長時間地在軟體行業獨占鰲頭的一個重要原因。

　　但是，可惜的是，許多這樣的知識在大多數企業裡處於混亂的、無政府狀態：有的存在於少數的幾個部門內部，來自其他部門的人很難或根本無法獲取到這些知識。這種現象經常發生在部門多、分支企業多、跨地區或跨國經營的大企業裡面。

　　我們經常可以看到企業裡的某個部門苦於找不到解決某個管理或技術難題的答案，致使項目無法上馬或中途受阻，無法在計畫時間和預算內完成任務。其實，同樣的問題可能在這之前早已被其他部門解決，只是由於這些知識沒被保留下來或者由於部門間缺乏知識分享，而導致這種情況的出現；有些企業的主要知識只被少數的幾個人所掌握，企業裡其他人員只是做些輔助性的工作。這在一些軟體編程公司、技術性工作較強的企業裡尤其明顯。一旦這些人跳槽、離職或退休，他們所掌握的、跟公司經營密切相關的寶貴知識也跟著離開公司，導致公司元氣大傷。不但不利於公司的長期發展，甚至可能危及公司的生存。重建這些知識需要時間和金錢的投入，特別是當這些人被競爭對手所挖走，對公司將造成雙重的打擊。如果企業能在這些人離開之前把他們所掌握的知識記錄、保留下來，企業

就能夠在較短的時間內彌補空缺，把損失減到最低。

由此可見，企業長時期只側重於對有型資產的管理，忽視了對那些無形的、但又是極其重要的、在經營管理過程中積累下來的組織知識的管理。由於沒有得到及時的記錄、總結，導致關鍵的知識被浪費和埋沒。知識管理正是針對企業存在的這些問題，提出對企業經營過程中知識的產生、記錄、儲存、轉移、分享和再利用進行系統的管理，提高企業的競爭能力，使企業成為智慧型的企業。

> 知識管理就是對組織知識的創造、儲存、分享和再利用過程進行管理，同時構建一個注重知識的企業文化，以促進知識的有效開發和利用。

講到這裡，我們似乎可以對知識管理下個比較具體的定義。知識管理就是對組織知識的創造、儲存、分享和再利用過程進行管理，同時構建一個注重知識的企業文化，以促進知識的有效開發和利用。

當然，不同企業對知識管理可能會有不同的定義。這是很正常的現象。筆者所接觸的澳洲企業和專業團體，都有自己獨特的定義。由於每個企業的策略和需求都不相同，對知識管理的運用也各有所側重，所以對知識管理的理解也各不相同。即使在西方學術界裡，給知識管理所下的定義也相異。

美國生產和質量管理委員會認為知識管理是一種策略，通過這種策略能夠在恰到好處的時間裡、讓恰當的人得到合適的知識（Right knowledge to the right people at the right time），同時幫助人們共享知識，並且把信息轉化成行動以提高組織的行為表現。知識管理學的奠基人之一、現定居澳洲的原瑞士管理學家斯拜比（Sveiby）給知識管理下的定義是：「知識管理是一門從企業無形資產中創造價值的藝術」（The art of creating value from an organisation's intangible assets）。但是，有趣的是，他並不喜歡使用「知識管理」這個術語。他的觀點是知識是一種高度個體化的、無形的東西，不能像其他有形的資產一樣可以被管理。他更喜歡用「注重知識」（To be knowledge focused）這個詞來代替「知識管理」。

第三章　知識管理的起源和發展趨勢

知識管理思想並非憑空而來，而是有其歷史淵源。人類對知識的追求源於遠古，中國人曾經創造過歷史輝煌的東方文明，給世界留下極其寶貴的知識財富。但是，現代知識管理的起源、應用和發展卻主要發生在西方發達國家。這一章，我們簡單介紹一下知識管理的起源以及目前它在西方國家的發展近況和趨勢，特別是美國和澳洲近來嘗試訂立有關知識管理標準的情況。

第一節　知識管理思想的歷史起源
——一個古老的夢想？

對知識的追求可以說是人類的一個特性。人類的知識一直伴隨著人類歷史的發展而發展。兩、三千年來，東、西方的哲學家、思想家便對知識進行孜孜不倦的思考，給人類留下豐富的精神遺產。

知識學是哲學的一個分支學科。它以知識本身為研究對象，專門探討人類知識的起源、發展和獲取途徑等。

一、中國的知識學

在中國，知識學似乎沒有得以系統的發展，也沒有形成一門完整的學說。我們幾乎找不到專門以知識為主題的著述。有關知識的闡述多散見於哲學家、思想家或其他學者的著述中。例如，生活在公元前五百年的中國教育家和思想家孔子，便給我們留下許多富有啟發性的關於學習和求知的訓導。他強調人的知識來自學習。人應該做到「敏而好學，不恥下問」（《論語·公冶長》）。他認為人的知識來自兩個方面：一是從文獻資料和典章制度學習得到的知識；二是從現實生活中學習得到的知識。前一方面指的是從別人的經驗裡學；後一方面指的是從自己的經驗裡學。他說：「多聞擇其善者而從之，多見而識之」，「三人行，必有我師焉，擇其善者而從之，其不善者而改之」（《論語·述之》）。孔子還總結了「學」與「思」的關係。在這裡他強調的是如何把別人的經驗通過思考轉變成自己的知

識。他說：「學而不思則罔，思而不學則殆」(《論語·為政》)。他還認為「學」是「思」的前提。「吾嘗終日不食，終夜不寢，以思；無益，不如學也」(《論語·衛靈公》)。人的知識的積累和提升總是先從「學」開始。從別人身上學，從自己身上學，在這基礎上再加以「思」，對學過的知識加以總結。

二、西方的知識學

相反，在西方國家哲學的發展史上，知識學作為一門獨立的學科而受到歷代哲學家們的重視。西方知識學在其發展過程中，主要形成了以柏拉圖（Plato）為鼻祖的理性主義和以亞里斯多德（Aristotle）為源頭的經驗主義兩大思想流派。這兩大流派對知識的起源和獲得途徑有迥然不同的觀點。

理性主義者認為真正的知識是思維過程的產物，而不是感官體驗的結果。有些知識存在於感官體驗之前，也不需要通過感官體驗來證明它們的存在。真理可以在公理的基礎上合理地推理演繹出來。整個數學的體系就是這樣建立起來的。因此知識能夠通過建立概念、定律或理論，利用推理演繹的方法獲得；而經驗主義者則認為根本沒有存在於感官體驗之前的知識。感官體驗才是知識的唯一源泉。這個世界的每一件事物都有其客觀存在的內在屬性。這個客觀存在獨立於人的主觀意念之外。知識只能通過人親身的感官體驗，並在這感官體驗的基礎上歸納獲得。

近現代史的西方更是群星燦燦，許多優秀的哲學家、思想家如康德（Kant）、黑格爾（Hegel）、馬克思（Marx）、羅素（Russel），以及前文提到過的維特根斯和帕洛尼等，都對知識

的本質作過深入、卓越的研究，把人類對知識的認識推上一個又一個新的高度。

三、科學管理之始

但是，一直要等到二十世紀初，人類才開始有意識地把知識應用到企業管理實踐中。當時，被後人譽為「管理之父」的泰勒嘗試所謂的「科學管理」方法，試圖通過建立起科學的生產管理原則代替傳統的經驗作法，以達到增加生產效率的目的。泰勒通過對工人完成一個工作所需時間和對動作的研究，制定組織管理和生產操作的「科學」方法和程序。

通過研究，泰勒提出四個科學的管理原則：（1）管理者應把工作分解成不同的工序，並設計出完成這些工序的最佳方法；（2）管理者應科學地選擇做某個工作的最佳人選，並對工人進行培訓；（3）管理者應做好協調安排工作，以保證工人們遵守執行所制定的最佳工作程序；（4）管理者應承擔起所有的管理職責，確保工人們能專心致志地工作。總的說來，泰勒的「科學管理」方法嘗試把工人的經驗、知識和技能轉變成客觀的規則和程式，在當時取得一定的效果。所以科學管理理論得到廣泛的應用。但基於泰勒的時代局限，他沒能看到工人是企業知識的源泉。在他眼裡，工人與車間裡的機器設備沒有什麼兩樣。這樣，知識的創造和應用（如新的工作程序的制定等）也就成了企業經理的責任。

四、人際關係理論

到了二十世紀的二、三〇年代，人際關係在管理中的重要

性日顯重要。以哈佛大學的梅亞（Mayo）為主的一些學者建立了一個新的管理理論——人際關係理論。他們批評泰勒把工人當作原子化的「經濟人」的觀點，認為人是社會性的動物，需要溝通和理解。人際關係理論的核心思想是通過生產線工人應用性知識的不斷增加，人在提高生產率方面起著顯著的作用。但由於人際關係理論沒能與科學管理理論劃清界線，沒能得到更好的發展，後來更被吸收進與泰勒理論相似的團體和社會互動理論中去。

二十世紀三〇年代末期，美國新澤西州貝爾電話公司總裁巴能德（Barnard）在科學管理理論和人際關係理論的基礎上，嘗試建立組織科學理論。他認為知識不只包括邏輯的、語言的內容，而且包括行為的、非語言的東西。巴能德強調「行為知識」在組織管理過程中的重要性。在他的《決策者的職責》（一九三八年出版）一書中，他闡述了領導者在管理決策過程中需要用到兩種類型的知識：一種是從邏輯思維過程中獲得的科學知識；另一種是從非邏輯思維過程中獲得的行為知識。由於組織管理涉及到對整個企業和周圍的環境勢態的判斷，從這一點看，行為知識比科學知識更加重要。

根據巴能德，組織管理的核心是把那些目標互相矛盾的人組成一個合理的協作系統。由於人類處理信息能力的局限性，知識在達致合理的協作上起著關鍵的作用。巴能德對於知識在企業管理中的作用有著諸多的真知灼見，但他對知識管理的探討總的說來比較籠統，許多細節的問題：如何創造新知識、如何傳播和應用知識等，在他的理論中都沒有提到。

巴能德企圖綜合科學管理和人文管理，嘗試奠定了組織學

理論的基礎。到了二十世紀四、五○年代，由於電腦的使用和認知科學的發展，組織學理論得以進一步的豐富。這個時代以諾貝爾獲獎者西蒙（Simon）為核心代表。在他的《管理行為學》（一九四五年出版）和隨後的《組織學》（一九五八年出版，與馬奇〔March〕合著）中，西蒙在人類認知能力具有先天局限性的假設上，建立了進行決策和解決問題的科學理論。他把組織看作是一個「處理信息的機器」（information-processing machine）。根據西蒙的觀點，人是一個信息處理系統，通過感官作用從信息裡抽取有意義的內容，並把這些有意義的東西作為新知識儲存起來，或者利用它們進行決策。但人在短時間內處理信息的能力有限；另外，組織結構及其功能的基本特性源於人類解決問題過程及理性選擇所表現出來的特徵。因此，處於複雜環境中的組織必須對自身的結構和功能進行設計，盡量減少信息在內部各個部門傳送的需要，以降低信息負擔。但是，在其組織學理論中，西蒙過分地強調人類認知能力的局限性以及人類推理和組織決策過程中邏輯性的一面，忽視了非邏輯性的另一面。他只看到組織作為一個處理信息機器被動的一面，而忽視了組織本身在其活動過程中也在不斷地創造新的信息和知識。

五、知識管理萌芽

　　二十世紀七、八○年代可以說是現代知識管理的萌芽期。七○年代後期，史丹福大學和麻省理工學院差不多同時展開了對創造性傳播和信息與技術轉移的研究。他們的研究成果加深了人們對知識在組織裡的產生、使用和傳播的認識。到了八○

年代中、後期，知識在企業競爭的重要性已經越來越明顯。一方面，由於信息爆炸所造成的信息過剩迫使企業尋找對策；另一方面，全球化的趨勢加劇了企業間的激烈競爭。如何在競爭中取得優勢，成了企業決策層所特別關注的課題。由於電腦技術的進一步發展，研究人員在原來人工智能（artificial Intelligence）和專家系統（expert Systems）的基礎上，開始研究、設計有關管理知識的知識系統。從而產生了許多新概念，如「知識獲取」（knowledge acquisition）、「知識設計」（knowledge engineering）、「知識型系統」（knowledge-based systems）、和「電腦本體論」（computer-based ontology）等。與此同時，「知識管理」這個詞開始被使用。一九八九年美國的一些財團開始對企業內部的知識資產實施管理。一些世界知名的管理雜誌，如《哈佛商業評論》（*Harvard Business Review*）和《史隆管理評論》（*Sloan Management Review*）等開始刊登有關知識管理的文章。八〇年代可以說是知識管理作為一門獨立的管理學科的醞釀期。

到一九九〇年，一些國際性的大諮詢公司，如KPMG等，也開始在自己企業內部實施有關知識管理的項目。美國、日本、歐洲的一些大公司都相繼引進知識管理思想，採用知識管理實踐。一九九一年，《財星》（*Fortune*）雜誌刊登了斯提沃特（Stewart）介紹知識管理的文章——〈智力風暴〉（Brainpower）。這是有關知識管理的文章第一次在大眾經濟讀物的出現。這標誌著知識管理開始為公眾所接受和重視。

九〇年代中期，互聯網技術和網站的引進使知識管理的發展如虎添翼，知識管理領域更是一片繁榮景象。隨著協作技術

（collaboration technology）的飛速發展，互聯網給知識的產生、協作、轉移和管理創造了一個前所未有的有利環境。一九八九年在歐洲建成的國際知識管理網路（IKMN ：International Knowledge Management Network）在一九九四年連接上互聯網不久後，便吸引了許多美國知識管理論壇和其他與知識管理相關的組織的加盟。同年，這個國際知識管理網路組織發表了一份對歐洲企業使用知識管理的調查報告。與此同時，當時的歐洲共同體（現歐盟組織）決定從一九九五年起撥款資助有關知識管理的項目。

　　整個九〇年代是知識管理理論發展的黃金時期。在理論和實踐上均取得了長足的進步。許多卓有成就的企業專家、管理學家、組織行為學、心理學專家以及信息管理的專家學者等，從不同角度對知識管理展開研究，取得一系列可喜的成績。以知識管理為主題的大會、研討會更是一個接著一個。每年有關知識管理的文章數以千計。美國知名的管理大師杜拉克、未來學家托夫勒、管理專家衛格、聖吉（Senge）和昆恩（Quinn）、日本的管理學家野中和竹内；以及英國的魯思（Roos）；瑞士的斯拜比等，都對現代知識管理理論的發展做出了重大的貢獻。

第二節　知識管理的發展趨勢
——機遇還是挑戰？

　　知識管理思想被西方社會、大企業和政府部門普遍接受和

採納，據估計，在美國財星榜的一千家大企業中，超過一半的

公司到二○○三年都將建立知識管理系

統。目前已經或正在實施知識管理的大公

司有IBM、安德信（Andersen）、波音

（Boeing）、英特爾（Intel）、康柏

（Compaq）、微軟等；政府部門有美國聯邦

> 美國財星榜的一千家大企業中，超過一半的公司建立知識管理系統。

政府部門、美國海軍、美國陸軍和序言裡提及剛成立不久的反

恐怖組織——國土安全局等單位。

　　同時，許多富有影響的專業組織都積極參與到知識管理的

發展中。經濟合作暨發展組織（OECD: Organisation for

Economic Co-operation and Development）是由澳洲、加拿大、

法國、德國、日本、英國和美國等三十個國家組成的一個國際

性合作組織。早在二十世紀的九○年代，這個組織便意識到知

識正在成為成員國的生產力和經濟增長的動力。他們同時也意

識到在這樣的一個新的經濟時代裡，企業員工獲得新知識和新

能力的重要性。故此這個組織極力推動知識管理在其成員國家

中的發展。

　　在美國，美國生產和質量管理委員會（APQC: American

Productivity and Quality Council）是較早在美國開始對知識管理

進行考察、並發表有關知識管理報告的一個專業團體。國際知

識標準認證委員會（IKCSB: The International Knowledge

Certification Standards Board）則是另外一個專業組織。這個組

織一直致力於知識管理策略性地位的發展和推動智力資本分析

技巧的提高，如促進智力資本會計的發展。

　　另外，知識管理已經發展成一個具有相當規模的專業市

場。這包括知識商品化產業和知識技術產業。知識商品化產業主要指知識管理的教育、培訓市場和管理諮詢市場。知識技術產業主要指知識軟體產業，如知識管理的軟體技術開發、應用和營銷市場等。

　　知識商品化產業正處於發展階段。隨著知識管理在實踐中的廣泛應用，知識管理的教育和培訓市場前景廣闊。知識教育產業毫無疑問是知識產業的一個組成部分，它系統地傳授有關知識管理的基本知識和技能。許多西方的名牌大學，如美國的麻省理工學院、澳洲的新南威爾斯大學等都相繼開辦知識管理專業和課程，培養知識管理的專業人才，有的側重於企業管理方面，有的則側重於技術應用方面。如筆者所在的新南威爾斯大學開設的知識管理商業碩士學位一共有十二門課程，側重於知識管理在企業管理中的應用。知識管理的培訓市場針對性比較強，培訓機構根據企業單位的特殊需要，對課程進行特別設計。目前的培訓多是針對企業高層管理人員的培訓，以提高他們對知識管理的認識。知識管理諮詢業則為企業知識管理的策略制定、項目實施等提供參謀、決策服務。諮詢業是典型的知識服務業。因為它所提供的是無形的、非物質形態的、純腦力的勞動。

　　我們知道，很多國家對某些專業都實行專業資格認證制度，也就是說從事專業工作的人都必須取得專業的資格認證，如律師必須擁有律師的專業資格；會計師必須擁有會計的專業資格。目前，在西方國家對從事知識管理的人員還沒有這麼嚴格的要求。但是，美國知識管理認證局（KMCB: Knowledge Management Certification Board）已開始頒發註冊知識經理的專

業資格證書。被承認的專業資格包括知識管理師（GKM: General Knowledge Management）和知識環境工程師（KEE: Knowledge Environment Engineering）兩種資格。知識管理師側重對企業高層經理人員的知識和創新管理能力的認證；知識環境工程師則側重對持證人在知識處理過程和與知識管理相關的外部環境的設計能力的認證，想取得這些專業資格的人都必須通過知識管理認證局的資格考試。

　　知識軟體產業和市場最多只有六、七年的歷史，但發展快速。從一開始，美國就一直主導這個市場的發展。目前主導知識軟體開發的有下面幾家軟體公司：Autonomy、IBM Lotus、Plumtree、微軟、Hummingbird 以及 OpenText。知識的軟體產業和市場的不斷壯大顯示該市場良好的發展前景。在二〇〇〇年美國的知識管理軟體的銷售市場達到十九億美元。專家預測到二〇〇四年年銷售額將增加到五十四億美元。另外，有的人對美國財星榜五百家企業做過測算，這些公司的知識管理赤字將從二〇〇〇年的十五點三億美元增加到二〇〇四年的三十一點五億美元。知識管理赤字指那些被企業所擁有，但由於該企業不知道它們的存在而因此無法使用的知識。

　　知識管理在西方的另一個發展趨勢是有關制定知識標準活動的推廣。從二〇〇二年一月十五日起，美國全球知識經濟委員會（GKEC: Global Knowledge Economics Council）經美國國家標準學會（ANSI: American National Standards Institute）授權，擔負起撰寫和制定知識標準的任務。全球知識經濟委員會是一個非營利的專業組織，主要負責討論和決定上至國家、下至企業的與知識管理相關的計畫、政策和衡量標準。目的是保

證知識質量和知識市場的高效率運行。這個組織還就全球範圍內各個國家、行業和公司的知識管理活動發表報告。同時，它還協同其他國家的知識標準制定機構，如歐洲知識經濟委員會（EKEC: European Knowledge Economics Council）、澳洲的國際標準公司（ASI: Australian Standards International）等，共同推動知識管理的發展，以便達成共識。

在澳洲，知識管理的發展，總的來說，落後於美國。按正常情況，澳洲採用新思想、新技術的時間要比美國落後兩年左右。剛開始，許多澳洲企業對知識管理抱懷疑的態度，再加上實施知識管理需要資金投入，由於企業的工作千頭萬緒，知識管理還沒能列上企業的議事日程。近兩年來，澳洲企業對知識管理突然間熱情有加。從二〇〇〇年八、九月起，由澳洲國際標準公司牽頭，組成了一個一百二十多名知識管理專業人員的討論團體，負責制定澳洲知識管理架構。筆者是這個討論團的成員之一。到去年（二〇〇一年）五月，架構撰寫完成，並被公開出版發行，作為企業、事業單位、政府部門採納知識管理的指南。從二〇〇一年九月起，澳洲國際標準公司設立了知識標準委員會，作為負責制定澳洲知識標準的專業機構。

我們都知道很多國家對進口產品有這樣那樣的規定，其中有一條是產品必須有國際質量認準局出具國際質量認證標準，簡稱ISO。知識管理正朝著制定國際知識標準發展，相信在不久的將來，第一份國際知識標準便會頒布。

有一點需要指出的是，像前面提到的國際質量認證，雖然打著「國際」的稱號，其實是西方發達國家的標準。其他發展中國家在這方面很難有發言權。所以，中國一方面應大力在國

內促進知識產業的發展，培養知識管理的人才、鼓勵和推廣知識管理在企業單位、政府部門的應用，制定適合國情的知識管理標準，使之為知識經濟的發展服務；另一方面應積極參加國際知識標準的制定，並對標準的制定施加影響，使之朝對國內知識產業有利的方向發展。

篇末小結

在這一篇裡，我們先分析了知識管理產生的時代背景，指出知識管理出現的必然性。當知識取代傳統生產要素、成為社會持續發展的寶貴資源時，知識的作用不言而喻，知識管理也必然是大勢所趨。

知識管理不是某些人閉門造車的成果，知識管理的思想源於古代，得益於現代信息技術的發展，產生於現代企業的管理實踐中。但是，即使在科技高度發達的今天，我們對於知識——這個人類獨有的、高深莫測的東西的了解，並不比兩千多年前的孔子、亞里斯多德所知道的要多多少。我們對於知識的廬山真面目知道得並不多：它是怎麼起源的？如何構成、產生的？在人腦裡如何儲存？知識、經驗在人的決策過程中扮演著什麼角色？……所有這些都還沒有明確的答案。這可以從目前知識管理研究和實踐中反映出來——對知識管理缺乏明確的、統一的認識。許多企業都在試驗著適合自身需要的知識管理方法和途徑。大家對知識管理的概念、範圍、目的和手段等各持己見。當然，這種現象在剛開始時對知識管理的發展具有促進作用，但太長時間的分歧勢必有礙於知識管理作為一門學科的進一步發展。我想這也是以美國為首的發達國家正著手制定其

國內知識管理的標準條文，並極力促進國際知識管理標準形成
的一個原因。

管理篇

第四章

企業戰略管理過程

企業戰略是企業運作的總綱領。如旅行者手中的指南針，企業戰略目標為企業的發展提供方向指導。故此，知識管理作為一種創新旳管理工具，應該與企業近期和未來的戰略目標保持一致。換句話說，知識管理必須為企業的策略性需要服務。

把知識管理同企業的戰略目標聯繫在一起的目的，是為了保障企業能從知識管理的實施中取得所想要取得的效果。企業戰略目標的制定是企業戰管理過程的一個組成部分。

下面我們簡要探討企業探討企業策略的管理過程、以及在這個過程中企業如何把戰略管理與知識管理結合在一起。

第一節　知己知彼，百戰不殆

　　戰略的管理是由一系列的管理決策和行為組成，這些決策和行為會影響到企業的表現和未來的發展方向。戰略的管理過程包括對企業外部和內部的營運環境的考察、戰略的制定、戰略的實施，和對從考察到實施的整個過程的評估和控制。我們把這上述各個環節的關係用圖表4來表述。

　　戰略的制定必須先從對企業運營的內外部環境的考察開始，通過對企業內外部環境進行評估和分析，企業決策者作決策時能夠做到「知己知彼，胸有成竹」。環境分析讓企業對可能會影響到未來經營的環境因素做出深入的了解和正確的評估。

一、外部環境因素

　　外部環境因素包括世界、國內大的經濟環境和行業的競爭情況、產品或服務市場情況，以及它們的發展趨勢。這些是企業無法左右、但又對企業的發展極其重要的因素。企業必須密切關注這些環境因素的變化，以便作出策略性的調整。在這方面知識管理可以有所作為。知識管理可以幫助企業獲取有關的商業信息或商業情報（business intelligence or competitive intelligence）。通過合法的手段和技巧，企業可以獲取有關營運環境的知識，包括所在市場的發展趨勢和有關競爭者的產品、技術發展情況。商業情報學在西方已經發展成一門相當成熟的學科。它利用一整套已經建立起來的方法學，注重對外部環境和商業競爭知識的獲取，為管理層作決策提供所需的重要信息。

獲取商業情報所採用的方法包括市場調研、觀察、演繹和其他
一些分析性的工具。

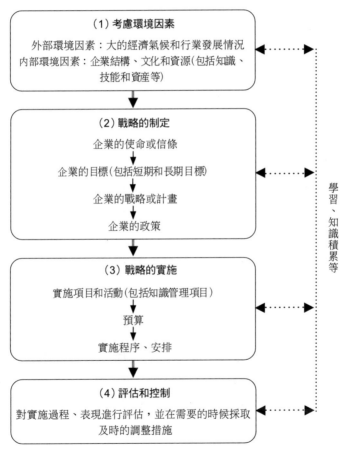

圖表4：企業戰略的制定和實施過程
（圖中的虛線代表知識的流動）

二、內部環境因素

內部環境因素指的是企業結構、企業文化和企業內部可利用的資源（不僅包括企業的有形資產，如機器設備及資金等，也包括無形資產，如知識、研究開發能力、商譽、營銷和管理能力等）。這些因素是企業的重要財產，它們組成一個企業的核心能力或核心競爭力（core competence），是企業能否在市場取得競爭優勢的基礎。傳統管理注重對有形資產的管理，知識管理則強調對無形資產的管理。這裡要指出的是，強調對無形資產的管理不等於放棄對有形資產的管理。只是由於管理的對象和目標的改變，而引起管理重心的轉移。在制定企業經營策略時，決策者必須對所有因素（有形和無形）作通盤的考慮。

企業結構和企業文化與知識管理有著密切的關係。知識管理能否順利實施在很大程度上取決於企業結構，特別是企業文化的配合和支持。所以，在很多時候企業不得不調整企業結構和改變原來的企業文化，以便創造一個適合知識管理的內部環境。但是，企業結構，特別是企業文化，是企業在多年的運作中逐漸形成的，可以說根深柢固。因此，調整結構、改變文化並不是一件容易的事情。可以想像，這種情況會給那些設想實施知識管理的企業帶來極大的挑戰。我們在下一篇會對這些問題作深入的闡述，並試圖提出解決問題的辦法。

第二節　運籌於帷幄之中

在企業對內外部環境進行詳細分析後，企業便能夠根據外部環境氣候，結合自身的優、劣勢，制定一個長期的發展計畫。這個過程包括制定企業宗旨（使命）或信條、詳細列出要實現的目標、制定戰略大綱和相應的政策條文。

一、企業宗旨（使命）(organisational mission)

企業宗旨（使命）是一個企業存在的目的。它告訴外界這個企業給社會提供什麼東西：提供什麼樣的產品，或者提供什麼樣的服務。每個企業的宗旨都應該是獨特的，它應該把企業從其他的競爭者中分開。企業宗旨還可以包括企業的經營哲學和管理思想，例如，總部在澳洲珀斯（Perth）市的西澳（Bankwest）銀行是這樣給自己的宗旨下定義的：「西澳銀行的宗旨是給我們的顧客提供一流的服務，同時也給我們的員工創造一個令人鼓舞的、富有回報的環境，從而為我們的股東增加財富」(To deliver superior value to our customers and create an exciting and rewarding environment for our people leading to increasing wealth for our shareholders)。像這樣明確定義企業宗旨有助於加強企業員工的使命感和歸屬感，也有助於企業樹立一個良好的公眾形象。

二、企業目標（organisational objective）

企業的目標是企業使命的具體化。它給企業定下要實現的

目標和到什麼時候實現。企業的目標越具體越好，而且最好能夠數量化。這樣使得企業目標清楚，具有可衡量性。比如，一個企業可以給自己定下這樣的目標「在今年度實現利潤比去年增長10%，並取得15～20%的資本回報等」。

　　把目標數量化並不是指把所有的目標都用貨幣的尺度來衡量，傳統的目標管理喜歡用貨幣的尺度衡量目標的實現程度。這種作法對於有形資產的管理非常有效。對於知識的管理、對於知識型資產的管理，這種作法卻未必能行得通。因為知識、知識型資產不像有形資產一樣容易計算其價值。例如，大家對於利潤方面的指標可能都比較熟悉，我們可以用會計計算出來的毛利、純利等來表示。但是，如果一個企業為自己定下在技術、發明創造方面領先於同行的目標，那麼，這種領先地位是很難用一個具體的價值來表示。又如，一間公司在社會上有極好的聲譽，在消費者中有良好的信譽。這種信譽也一樣不容易用一個具體的價值來表示。

三、企業戰略（organisational strategy）

　　企業的戰略大綱是企業經營的總綱領，是企業完成使命和實現目標的計畫大綱。它使得企業能充分利用自身的競爭優勢，並使企業把精力集中到更有發展前途的領域上。企業必須根據本身所具有的優勢和劣勢，結合對外部環境分析所得出的、企業經營可能碰到的有利機會和潛在威脅來制定發展策略。每個公司的策略都各不相同。有的採用「多而全」的策略，試圖提供一條龍服務，給顧客提供一整套的產品和服務項目。有的採用「少而專」的策略。集中精力發展細分市場，試

圖成為該細分市場的領頭羊。例如，菲利浦（Philips）或新力（Sony）公司就採取「全」的策略。它們提供一系列的家用和辦公電器用品，大至電腦、冰箱，小至收音機、電子刮鬍刀等。你能想到的任何電器產品都可能在它們的產品表上。

四、企業政策（organisational policy）

企業政策是指企業的決策原則和行動指南。這些具有操作性的指南把戰略的制定和戰略的實施連在一起。企業政策保證企業上下的所有員工能夠步調一致，按照既定的使命、目標和策略行動。例如：英特爾給它們的管理人員的一條決策指導是「搶在競爭者之前提供物優價廉的產品」。這與英特爾所定的「領導市場」的目標是相一致的。

第三節　把戰略轉化爲行動

戰略的實施是把已經制定的戰略和政策付諸實施的過程。這個過程包括設立實施項目、制定預算和建立實施程序。有時這個過程可能會涉及到企業文化、結構或者整個管理系統的改變。一般説來，由於戰略的實施涉及到企業每天的經營管理活動，而這些活動又是中、下層管理人員的責權範圍，所以，戰略的實施主要由中、下層的管理人員負責完成，高層經理人員只是起著監督的作用。

一、實施項目

實施項目（program or project）是實現既定戰略的具體活動。項目具有操作性強的特點，項目的制定必須在企業既定策略和目標的指導下進行，以保證項目的實施能夠為既定目標的實現服務。再以英特爾公司為例，當英特爾意識到如果它們不能持續推出微處理芯片的新一代產品，它們就很難保持在電腦微芯片行業的領先地位。基於此，英特爾決定實施一系列的與知識管理相關的項目，如與惠普電腦公司組成策略性的夥伴關係，合作開發奔騰芯片。再如英特爾組織了一班優秀的科學家和工程師對電腦芯片設計作長期的研究開發。

從知識管理的角度看，第一個合作項目的目的在於獲取外部知識，利用合作方的優勢，增加產品的開發能力。當一間公司意識到自己企業內部缺乏所需知識時，一個選擇是增加對公司員工的培訓，讓員工掌握這方面的知識。但是，這種作法需要時間，因為員工掌握新知識、應用新技術需要有個學習吸收的階段，在市場變化激烈的今天，時間就是一切，所以，與掌握該知識的公司合作不失為一個明智的選擇。這裡要強調的是，這種合作不能重蹈前面所述的通用電氣塑料公司的覆轍，合作時不考慮雙方在知識能力上的匹配。合作的另一個好處是，它可以使員工在合作中學到所需的知識，這也是知識互相轉化的一個例子。

英特爾的第二個項目則側重在自己企業內部培養創造新知識、開發新產品的能力。與惠普合作可能可以使英特爾保持暫時的市場領先地位。但是，要使公司能在市場競爭中長久地立

於不敗之地，公司必須自己擁有產品的創新開發能力，因為任何形式的合作都可能是臨時的。對研究開發的不斷投入，對創新產品的不斷追求是許多企業能夠領先於競爭者的關鍵。

二、預算

預算（budget）是項目實施的預計成本費用。它是一份詳細列出每個項目在實施過程中所可能發生的成本、費用明細表，所以起著成本控制的作用。一般公司在批准一個項目之前，都會要求對該項目的投資能給企業帶來一定的投資回報，務求「立竿見影」。但是，對知識、知識型資產的投資，在短時間內未必能產生這樣的效果，正如前面所提到的英特爾對研究開發的投入，這種投入是一種長期的投入，著眼於未來，所以在短時間內可能不會給公司帶來什麼經濟上的回報。

三、實施程序

實施程序（procedure）設立一整套具體、詳細的步驟，告訴項目的執行人員如何實施該項目，以便於工作人員遵守執行。這是項目實施的行動階段，這個過程會產生許多新知識、新經驗或教訓。這些知識、經驗或教訓應該被很好的記錄保留下來。每執行完一個項目後，參與人員應該對項目的實施作回顧與總結，並把這些經驗教訓儲存到公司的知識管理系統裡面，以便日後查詢或供其他相關人員學習。如果一個企業能夠不斷地從自己的經驗教訓中學習，就能不斷地減少失誤，提高效率。

第四節、評估和控制

　　評估和控制是對項目實施的管理過程、實施表現和實施結果進行評估比較。這個比較可以跟以前企業的行為表現比較，也可以與預定的效果比較。通過比較，管理人員能夠對項目的實施情況做到心中有數，並可以對實施過程中存在的問題採取行動，以便於項目的順利完成。通過對戰略制定和項目實施的分析回顧，管理人員還能夠根據實際情況，及時作策略性的調整。雖然評估和控制有點「事後軍師」之嫌，但卻是整個戰略管理過程不可或缺的一環，而且只要執行得好，能極大地減少戰略管理的失誤，保證戰略目標的順利實現。

　　執行評估和控制包括建立一整套衡量指標體系以及信息蒐集和反饋系統，以便對企業經營有較大影響的關鍵環節進行評估和控制。信息的蒐集以清楚、及時和真實為原則。但在大型企業裡面，層次繁多的等級組織制度使得信息的真實性和傳遞速度大打折扣，因為經理所需的信息通常需要依賴下屬的滙報來獲取。衡量指標的選取則取決於所評估的對象及該管理活動想要達到的目標，傳統的衡量方法主要採用經濟指標作為企業行為表現的衡量標準，多數採用以會計計算為基礎的財務指標。我們知道，傳統上會計給企業提供所需的衡量手段，它有一整套計算標準和程序，能比較客觀準確地反映一個企業的經營情況，也便於跨企業、跨行業的比較。但會計主要以事後核算為主，它所提供的信息談不上及時，更缺乏前瞻性。

　　是不是所有的管理都可以被評估衡量呢？顯然，評估和控

制總是與管理攜手同行。管理的過程需要評估和控制。離開評估和控制的管理猶如不套韁繩的駿馬，即使跑得快，也不一定能到達目的地。所以在西方企業裡流行著這樣的一句話：「可以被評估衡量的，就能夠被管理好；想要管理好的，必須能夠被衡量」（What we can measure, we can manage, what we want to manage, we must measure it.）。可以這麼說，評估和控制是高效管理的前提。有的人可能不以為然，他們可能認為「並不是所有的管理過程都可以被評估衡量，例如，如何衡量一個企業的學習、創新能力？如何衡量一個企業的顧客忠誠度？」這些涉及到企業無形資產的評估衡量，確實很難從傳統的財務指標，如資產回報率和每股盈利率等反映出來。這些指標主要反映企業對有形資產的使用效率，但卻不能反映企業在知識能力方面的產生和發展。因此，在知識經濟時代裡，企業必須建立一個新的衡量體系，採用新的衡量指標（非財務形式的衡量指標），配合知識管理的實施。這是本書評估衡量篇（第十二、十三章）的任務。

第五章

知識管理策略的制定

在企業定下戰略目標和完成總的戰略制定後，企業便可以著手制定相應的知識管理策略。知識管理策略的制定要求企業決策者轉變觀念，擺脫原來工業時代生產管理固有的思維習慣，從知識的角度對原來企業管理中習以為常的東西給予新的思考。

這一章簡要介紹知識管理策略的類型和在制定知識管理策略時的一些相關問題。

第一節　知識管理策略的類型

在第一章裡，我們分析了驅動知識管理發展的幾個因素，指出在企業中實施知識管理的迫切性。結合前面一章所介紹的戰略管理過程，企業應根據其自身的戰略需要，制定相應的知識管理策略。下面圖表5的知識管理架構圖揭示了知識管理策略從制訂到實施衡量的整個過程、影響實施過程的相關因素及它們之間的關係。

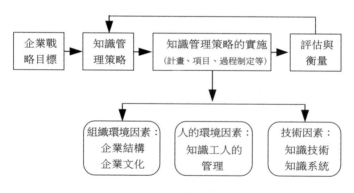

圖表5：知識管理架構圖

首先，知識管理策略的制定必須在企業戰略目標的指導下進行。在確定為實現既定戰略目標所需要加以發展和保持的核心知識能力的基礎上，制定適合自身需要的知識管理策略。策略的實施則要求企業對主要的影響因素（這包括組織環境因素、人的因素和技術因素）進行評估，並作出相應的計畫。最後，評估和衡量對策略實施的過程、效果進行追蹤監測並提供

反饋信息，以確保戰略目標的成功實現。

　　衛格認為企業可以採取五個不同的策略對知識進行管理。
這五個策略分別為：

- **把知識策略作為企業的經營策略**：這個策略注重企業經營過程中知識的創造、記錄、整理、更新、分析和使用，使企業業務流程上各環節的相關人員都能用上做好該環節工作的最好知識。

- **智力資產管理策略**：這個策略強調對企業所擁有的智力資產的管理。這些智力資產包括企業專利、技術、獨特的管理方法、管理實踐、顧客關係，和其他結構性的知識資產。管理人員的任務是對這些資產進行及時的更新、整理和評估，讓其增值增長，並且給予妥善的保管。同時，把這些資產推銷到市場上，讓它們為企業帶來實際的收益。

- **個體知識策略**：這個策略強調企業員工在與知識相關方面的個人責任。這些方面包括對知識的投入、創造、競爭、更新和有效利用，也包括員工在其權責範圍內向其他人提供所需的知識。這樣做的目的在於不斷地積累知識，和把富有競爭性的知識應用到企業的經營中。

- **知識創造策略**：這個策略著眼於企業的組織學習，注重做基礎性和應用性的研究開發，和鞭策員工從過去的經驗教訓中去獲得更新、更好的知識，並利用這些知識進行創造，以提高企業的競爭能力。

- **知識轉移策略**：知識的轉移策略強調採用系統化的方法把知識轉移到經營管理中所需要的地方去。這裡面的系統化方法主要指知識的獲取、整理、重組和倉儲方法。這個策略包括實

行知識共享和採用最好、最有效的業務程序。

　　上述的五個策略各有所側重。究竟採用哪一個完全取決於不同企業的不同需要，企業應根據其既定的總策略而定。這裡最關鍵的是，企業的決策人應該在觀念上樹立信息和知識是企業的寶貴資產，企業需要在策略上對知識給予重視，在政策上給予支持，以及在經營中對這些知識資產進行系統化的管理。

　　知識管理學奠基人之一的斯拜比認為，多數的企業經理在進行決策時，常不自覺地保留著工業經濟時代的許多思維習慣。雖然目前沒有人能夠準確地告訴我們知識時代究竟會怎麼樣，但是他建議現代企業的管理人在進行決策時，應當有意識地從知識的角度思考問題。因為在知識時代，許多邏輯思維方式似乎都與工業時代背道而馳。

　　那麼在知識時代需要什麼樣的新觀念呢？它與原先工業經濟時代的觀念又有什麼不同呢？為此，斯拜比對工業時代和知識時代的一些觀念進行了比較，我們在圖表6裡摘要列出。他從工業角度和知識角度對企業員工、管理人員的角色、信息、產品、顧客關係、知識和市場價值等十七個方面進行對比，從中我們可以看出兩種觀念之間的巨大差別。觀念的改變勢在必行。圖表6右邊一欄同時也是斯拜比所認為的「知識型企業」（The knowledge organisation）所應該具有的原則。

	工業時代的觀念	知識時代的觀念
企業員工	是企業的成本來源（負擔）	是企業利潤的創造者
管理人的主要任務	監督下屬員工	為員工提供方便和支持
信息	是監控的工具	是溝通的工具，也是企業的資源
生產過程	體力勞動者從事生產，創造有形的產品	知識工人把知識轉換成無形的結構
利潤的主要形式	有形的東西，主要以貨幣形式（金錢）	無形的東西（學習、新點子、新客戶、研究開發）
生產過程的瓶頸	金融資本和人的技能	時間和知識
客戶關係	通過市場的單向關係	通過個人網絡的互動關係
知識	夾雜在其他東西中的一個工具或一種資源	企業管理的核心
學習的目的	應用新工具	創造新資產
企業的市場價值	由有形資產所駕馭	由無形資產所駕馭
經濟規律	收益遞減定律	收益遞增定律和收益遞減定律

圖表6：知識時代觀念與工業時代的一些觀念比較

　　除了上述的觀念轉變之外，在制定知識管理策略時企業還需要考慮哪些因素呢？

第二節　制定策略時應注意的事項

在制定知識管理策略時，企業還必須考慮下面幾個方面的因素：

● 不同企業對不同知識有不同的需求。根據對那些已經實行知識管理企業的考察，有些企業注重對新知識的追求，著眼培養員工的創造能力；有的企業則注重對已有知識的發揮和利用，以確保企業的高效運作。因此在制定策略時企業應根據自身的需要而定。

● 建立起企業的快速反應機制，提高企業的反應能力，縮短企業對內、外部環境變化所帶來的機遇和挑戰的預測和應變時間。詳細制定快速反應的步驟和程序，使得企業能趕在競爭者之前作出及時的反應。有人把這種能力稱之為企業的本能反應能力（organisational instincts）。

● 對那些可能給企業經營造成較大影響的關係進行分析，這包括對內、外部關係的分析和評估。內部關係包括企業內部員工之間、部門之間和管理層之間的關係，而外部關係主要指企業與顧客、供應商、政府有關部門、銀行、投資者之間的關係。通過對這些關係進行分析，確定為建立、保持和發展這些關係所需要的知識。這個過程被形象地稱之為關係知識圖繪（relationship knowledge mapping）。

● 在制定知識管理策略的時候，企業應該對策略實施後所可能帶來的潛在利益和所要達到的目的有明確的認識。這樣做一方面能統一認識，提高知識管理的說服力，有助於企業上下

員工對知識管理的接受，減少對變革的牴觸情緒；另一方面
使變革有目標可循，可以減少操作上的盲目性。

● 策略的採用還必須與企業的文化、現有的能力和長、短期的
工作重點結合起來。一旦策略確定下來，如上節所述，企業
需要設立相應的實施項目。同時，企業還需要建立必要的互
助性設施、制定一些鼓勵性的措施，以激勵項目所涉及部門
和個人的積極參與。這些都會在下篇的管理篇裡（由第七章
起）講到。

知識管理策略的實施

知識管理策略的實施是執行知識管理策略的一系列活動過程。它通過制定實施項目、預算和實施的程序步驟，把知識管理策略和政策付諸行動。雖然策略的實施一般是在策略制定後考慮，但實施階段是整個策略管理過程的一個重要組成部分，企業必須給予足夠的重視。一個好的策略很可能由於實施過程的疏忽而導致「事與願違」。

在這一章裡，我們主要探討如何實施知識管理策略，以及在策略的實施過程中的一些原則要求。

第一節　策略實施前需要考慮的問題

在策略實施之前，策略的制定者必須考慮人與事兩個方面的問題：

● **人的問題**：誰負責實施和誰參與實施。他們需要做什麼？怎麼做？

● **事的問題**：為了實施策略，達到預定的目標，需要設計什麼項目？需要做出哪些結構上的調整變化？需要採取什麼措施以保證策略的順利實施？

這些問題在策略制定時和實施前必須經過再三的考慮、仔細的斟酌。在策略制定者對這些問題取得滿意結果之前，企業不宜魯莽行事，以減少失敗風險。對於那些已經實行跨國經營或者正在實行跨國經營的企業，除了考慮上面所講的兩個問題，還須考慮策略實施的國際操作問題。

一、人的問題

誰負責知識管理的實施在很大程度上取決於企業的組織與結構安排。近幾年來，企業為了適應知識管理的需要，在企業內部創造了許多新的職位，如首席知識長官（Chief Knowledge Officer）、知識經理（Knowledge Manager）、知識教師（Knowledge Master）和知識項目經理（Knowledge Project Manager）等。首席知識長官直接向首席執行官（Chief Executive Officer）匯報，主要負責知識管理策略、政策的制定，監督策略的實施執行，以及指導各部門的知識活動等。在

下篇的結構一章裡，我們對這些新職位的職能會有更詳細的敘述。

　　參與實施的人員取決於實施項目的範圍，可能是來自一個部門裡的人，可能需要跨部門、跨分支機構的人員參與，也可能是整個企業的所有人參與。企業需要具有多方面知識技能的人參與知識管理策略的實施，這些員工最好來自不同的背景，具有多種技能，如有的來自人力資源部門，知道如何調動和激勵員工；有的來自信息管理部門，具有編程能力；有的來自財務會計部門，能夠進行項目的經濟分析等。這裡要注意的是，企業裡有些人員，特別是中層管理人員或技術骨幹，可能沒有機會參加或者只是有限地參加策略的制定，但他們卻很可能是實施策略的關鍵人物。由於他們的地位得不到重視，這些人很可能會對策略的實施產生牴觸情緒，甚至會人為阻礙策略的執行，給策略的實施造成消極的影響。所以，從策略的制定到策略的實施，企業應盡可能地讓更多的人參與。可見良好的溝通在策略的制定和實施過程中至關重要。

二、事的問題

　　在策略實施之前，企業應該制定恰當的實施計畫，做好人事安排，確保實施活動取得預想的效果。一般情況下，任何策略的變化很可能造成企業在結構、人員安排和技能要求上做出相應的變化。所以，管理人員應該仔細地對企業原有結構作認真的考察，決定哪個地方需要改變：活動程序是否需要重新調整？決策權應該集中在公司總部或者授予給分部門、分公司的經理？公司是採取較嚴格的管理控制模式，還是較鬆散的管理

控制模式？公司的結構層次以多少為好？所有這些，在策略實施之前都應該給予仔細的考慮，並且做出妥當的安排。

1.結構調整

　　總的來說，企業的結構必須跟著企業的策略走，也就是說，策略改變的同時，結構也應做相應的調整。知識管理策略需要與其相匹配的企業結構的支持，一個合適的結構是策略實施成功的前提。在前面我們已經提到，企業正進入一個知識經濟時代，在知識經濟時代裡，企業的內外部營運環境已經發生、而且還會繼續發生巨大的變化，這種變化必然會反映到企業的決策上，從而導致企業結構上的變化。策略、結構和環境必須保持一致。在下一篇管理，篇裡我們對知識管理和企業結構的關係會有更深入的探討。

　　近幾年為了加強效果，西方許多企業普遍採用一個被稱為「業務流程重組」（BPR: Business Process Reengineering）的策略實施計畫。這種計畫強調對企業的整個作業流程作根本性的重新思考和徹底性的再設計，以便減少成本、提高效率以及改善服務質量。它由美國麻省理工學院Hammer（韓莫）教授在一九九○年提出，目的是通過改造企業，使之能適合現代多變的市場競爭環境。「業務流程重組」本身並不是一種結構形式，但卻是策略實施的一種有效途徑。它打破企業在以往的經營過程中積攢下來的、根深柢固的老規矩、老框條。這些老規矩、老框條可能沿用多年，而且可能從來沒有被質疑過。很多這些老規矩由於環境的變化，運作效率極低，有的早已過時。所以，與其費時費力地對原來的經營管理作修改和調整，「頭痛醫

頭，腳痛醫腳」，還不如對整個管理過程進行重新設計。所以，「業務流程重組」的指導思想是：如果這是個新的企業，我們怎麼去管理？在這裡要特別強調的是，這種方法如果實施得當，可以取得顯著的效果，但它並不適合所有的企業。由於它採用革命式的變革，涉及的範圍廣泛，手續複雜。一旦中間哪個環節出了問題，很容易導致整個計畫的流產。據統計，在前幾年實施「業務流程重組」的西方企業中，有50～70%的企業沒能取得預想的效果。可見改革之難！

2.人事安排

　　與其他策略的實施一樣，知識管理策略實施的一個關鍵是人事安排。如同企業結構，人事安排必須跟著策略走。也就是說，知識管理策略的實施需要企業在人事上做新的調整，這可能包括雇用具有知識管理經驗的人才，辭退一些不合適的人員，或者組織現有的人員進行培訓學習。通過雇用、提升和培訓，為策略的實施提供人才準備。除了對外招聘之外，企業也可以從諮詢顧問公司裡聘請一些專門人才，以幫助項目的實施。

　　當一個知識管理策略制定下來後，企業便會面臨著兩個選擇：要不雇用新人，要不選用、提拔現有的員工。企業應該盡量從自己內部培養和發掘人才，知識管理的思想強調企業對自身知識的投資和再利用，在職培訓、學習是知識管理的一個組成部分。通過知識管理加強員工的培訓，通過培訓提高企業的人才素質，提高員工的工作效率，增加企業的盈利水平和應變能力。這又促使企業在更大範圍內採用知識管理。從而形成一

個良性的、不斷循環上升的過程。

3.領導

　　策略實施的另一個關鍵是領導。正確而強有力的領導可以確保企業充分利用員工的知識和技能以及確保目標的順利實現。因為通過正確的領導，企業可以確定切實可行的目標，宣揚團隊精神和建立知識共享的文化，使企業上下一致，為實現目標而一起努力。缺乏強有力的領導會使企業如同一盤散沙，不但不能解決問題，還會產生更多的問題。

　　一方面，企業應從內部提拔人才，高、中層的管理人員最好能從下面提拔上來。這種作法可以鞭策企業員工，把員工與企業綁在一起，使員工對企業產生歸宿感。另一方面，企業的高層管理人應該樹立良好的榜樣：經常深入到基層，與基層員工接觸，了解、解決問題，互享知識、經驗，以促進互相學習、共享知識的文化氛圍的形成。

　　對於那些缺乏知識共享文化的企業，這樣的一種文化氛圍不大可能在短時間內建立起來，因為企業文化對企業員工的行為有著極大的影響力，而人的行為不是一朝一夕能夠改變的。所謂「冰凍三尺，非一日之寒」說的就是這個道理。由於企業文化的存在總是與原有的穩定關係和行為方式相依賴，所以企業文化對任何形式的變革都有一種強大的抵抗性。這給知識管理策略的實施帶來極大的挑戰。這個問題在下篇的「知識管理與企業文化」一章裡將有更深入的論述。

三、跨國公司在策略實施時需要考慮的問題

　　跨國公司是指那些經營業務遍及世界範圍的企業。因為國際業務在整個跨國公司的經營中占有相當的比重，故其在經營決策上自然要求決策者必須具備國際的戰略眼光。對於一個真正意義上的跨國公司來說，其世界範圍內的經營業務必須被當作一個相互聯繫的整體來處理。為了進入其他國家的市場，一個普遍的作法是通過戰略結盟，如合資合作或簽訂許可，經營合同等，在該國找一個本地的合作者。這個策略能否成功，在很大程度上取決於對本地合作者的選擇，選擇時不僅需要考慮雙方在項目策略上是否一致，更需要考慮雙方在資源能力上是否能互相匹配，取長補短。有時候，一個成功的合作項目需要雙方在達成協議前至少有一到兩年的接觸、了解時間。

　　在人事安排上，由於文化、風俗上的不同，跨國公司在某個國家的業務管理風格和人事管理上必須符合該國的習慣。現在許多跨國公司強調人才本地化，起用本地的管理人才管理公司在該國的業務，這樣做的好處一是能取悅本地政府，二是能避免文化上的衝突。但是這種作法也有它的弊病：這樣很可能會造成管理上的地方主義。也就是說，本地的公司只關心該小集體的事情，因此可能忽視整個跨國公司的戰略安排，這會使得跨國公司難以實現其長期的全球策略。另一方面，這種作法也會使得位於不同國家的分公司在溝通和協作上存在困難，不利於公司在全球範圍內的競爭。

　　有些跨國公司則不在乎管理人員的國籍背景，聘用具有「國際性」背景的人擔任分公司的要職。如總部在德國的公司可

以任用一個法國籍經理管理該公司在香港分公司的業務。這種任用來自其他國家人員的作法，也許比前面提到的人才本地化能給管理人員提供更多的升遷機會，但由於這些人員的教育和文化背景與他們所管理企業的所在國家相差甚遠，這些人與本地的下級員工和所在地政府之間的誤會和矛盾時有發生。

　　為了提高企業的學習、適應能力，跨國企業的知識管理策略必須包括對經理人員在國家間的文化和管理實踐上進行培訓。同時也提供機會讓這些經理人員參加企業在國際範圍內的跨國合作項目。例如，企業可以把總部的管理人員派遣到其他國家長住，參與其中的跨國合作項目。這些國際項目的參與人員可能在外國一住要住上好幾年，這樣，當這些人回到總部的時候，他們對於企業在其他國家的運作已經相當了解，能對企業的發展及其全球策略提供建設性的意見。這種作法成功的一個關鍵是，注重對這些派出的經理人員作跨文化的培訓，幫助他們熟悉所居住國家的獨特文化和風俗習慣。

　　對於那些依賴處於不同國家分公司之間互相合作的跨國公司，它們更應該使這樣的國際項目成為公司管理人員培訓和發展的一個組成部分。這種培訓除了能讓這些管理人員對國際問題和企業的國際運作有深刻的理解外，還能讓這些參與人員建立起國際的溝通管道，為企業未來的發展提供高級的人才準備。越來越多的跨國企業接受這種作法。而且，現在許多企業在招聘人才的時候，也把具備國際工作經驗作為一個選擇的前提。

　　在領導方面，跨國公司必須注重對企業管理實踐與該國文化的關係。即使企業本身有很強大的企業文化，本地文化對企

讀者服務卡

您買的書是：＿＿＿＿＿＿＿＿＿＿＿＿＿＿＿＿＿＿＿＿

生日：＿＿＿＿＿年＿＿＿＿＿月＿＿＿＿＿日

學歷：□國中　　□高中　　□大專　　□研究所（含以上）

職業：□軍　　　□公　　　□教育　　□商　　　□農

　　　□服務業　□自由業　□學生　　□家管

　　　□製造業　□銷售員　□資訊業　□大眾傳播

　　　□醫藥業　□交通業　□貿易業　□其他＿＿＿＿＿＿

購買的日期：＿＿＿＿＿年＿＿＿＿＿月＿＿＿＿＿日

購書地點：□書店　□書展　□書報攤　□郵購　□直銷　□贈閱　□其他

您從那裡得知本書：□書店　□報紙　□雜誌　□網路　□親友介紹

　　　　　　　　　□DM傳單　□廣播　□電視　□其他

您對本書的評價：（請填代號 1.非常滿意 2.滿意 3.普通 4.不滿意 5.非常不滿意）

　　　　　　　　內容＿＿＿＿　封面設計＿＿＿＿　版面設計＿＿＿＿

讀完本書後您覺得：

1.□非常喜歡　2.□喜歡　3.□普通　4.□不喜歡　5.□非常不喜歡

您對於本書建議：

感謝您的惠顧，為了提供更好的服務，請填妥各欄資料，將讀者服務卡直接寄回
或傳真本社，我們將隨時提供最新的出版、活動等相關訊息。
讀者服務專線：（02）2228-1626　讀者傳真專線：（02）2228-1598

235–62
台北縣中和市中正路800號13樓之3

印刻出版有限公司　收
讀者服務部

姓名：＿＿＿＿＿＿＿＿＿＿　性別：□男　□女

郵遞區號：＿＿＿＿＿＿

地址：＿＿＿＿＿＿＿＿＿＿＿＿＿＿＿＿＿＿＿＿

電話：（日）＿＿＿＿＿＿＿＿＿（夜）＿＿＿＿＿＿＿＿＿＿

傳真：＿＿＿＿＿＿＿＿＿＿＿＿＿

e–mail：＿＿＿＿＿＿＿＿＿＿＿＿＿＿＿＿＿＿＿＿＿

業管理實踐的影響是任何跨國公司的決策者所不能輕視的。我們經常看到，一些在一個國家取得滿意效果的管理方法卻無法在另外一個國家推廣。這在很大程度上是因為另外一個國家在文化上與前面一個國家截然不同，而導致觀念上的巨大差別。所以，當一個企業決定跟外國的企業進行合資合作或者合併收購時，除了應考慮企業間的文化兼容外，還應該考慮國家間的文化差別，以避免文化衝突。當跨國公司考慮推廣實施知識管理時，也應該考慮到屬下分公司間國家文化和企業文化的差異，根據不同文化對策略的實施作相應的調整。

第二節　策略實施的原則要求

雖然知識管理策略的制定應從高處著眼，但要保證實施的成功，則要從低處入手。實施知識管理是能夠給企業帶來很多好處，這不等於企業應該馬上一步到位，在一夜之間建立起一整套的知識管理系統。「欲速則不達」，操之過急反而會導致事與願違。任何改革的實施必須選好恰當的入口點，在小規模範圍內進行。一邊實施一邊總結經驗教訓，以決定其是否適合在更大範圍內推廣。這個道理對於知識管理策略的實施同樣適合。因為從原先的傳統管理模式和管理思維過渡到新的管理模式和管理思維需要有個過程。特別是知識管理需要人在行為方

> 知識管理策略的制定應從高處著眼，但要保證實施的成功，則要從低處入手。

式上的轉變。而改變人的行為方式是一件極其複雜的事情，它涉及到許多方面的因素，如人的價值觀念、組織觀念、改變所帶來的好處、改變對既有利益或未來利益的影響等。

因此，企業應該從一個小的項目開始。這個小項目最好是短期性質、比較容易完成，而且能夠給企業帶來實惠，從而讓所有的人都能感受到知識管理的好處。在這基礎上，再循序漸進地採用策略性的途徑，推廣知識管理的使用。下面是應用時的一些要點：

1. **容易完成的：從小做起，從容易的入手**。例如，企業可以在企業內部對各個員工的特長和專業技能進行登記，再加上員工的聯繫電話、地址，製成一個員工專業技能的數據庫。對於許多企業來說，這數據庫完全可以建立在原有的員工檔案基礎上。對於有內聯網的企業，企業還可以把這個技能數據庫鏈接到內聯網上，使不同部門、不同地方的員工都能在任何時候上網查詢。這種作法被稱為建立企業「黃頁」（yellow page，因為它類似於電話公司所編的電話本，故被稱為黃頁）。其目的是使企業對自己員工所擁有的特長和技能有個比較全面的了解，並且為更大利用這些知識技能提供方便。

2. **能解決問題的：知識管理必須為企業的需要服務**。所以，開始知識管理的實惠途徑是根據企業目前的情況，找一個需要解決的問題，然後設計出一個帶有知識管理成分、能解決問題的辦法。

3. **建立在現有的體制或系統上**。大多數企業很可能已經在某一程度上採用某些形式的知識管理。如果是這樣的話，那麼企業可以在這原有的知識管理基礎上，提出一些改善措施，擴充

其職能範圍。例如，有些企業已經建立起一套人工的或一定形式的電子檔案管理系統，那麼企業可以在這基礎上，看是否能加上一些適合企業需要的知識管理的功能。如是否能提高搜尋器的功能，以提高查詢速度；或者是否能與正在建設的電子商務系統連接等。

4. **吸收別人的成功經驗**。如果同一行業的其他公司成功地實施了知識管理，並且卓有成效，那麼企業可以吸收別人的成功經驗，模仿人家的成功作法。這將有助於知識管理在本企業的成功實施。這裡需要指出的是，這種模仿應該結合本企業的實際情況，切忌「死搬硬套」。

5. **重點突破重要關係**。採用上一章所述的關係圖繪技術，列出所有可能對企業經營造成重大影響的內外關係。找出目前比較薄弱的環節，確定加強、改善所需的知識，然後制定知識管理的實施步驟。

6. **結合風險管理**。風險管理是指企業對在經營過程中所可能碰到的風險所採取的應付和控制措施。企業由於自身固有的劣勢，再加上市場的變化莫測，企業不僅需要對經營中的潛在威脅保持警覺，而且需要有一整套的應變措施。一旦出現危險的勢頭，則應當啓動應變的程序，把風險降到最低。在許多企業裡，對項目的實施也要求做相應的風險管理。它的目的是識別可能影響該項目實施的問題，對這些問題做系統的分析，並對這些問題進行連續地管理控制，盡量降低項目實施失敗的風險。在這一方面知識管理可以有所作為。不論是在對外部潛在威脅的識別上，還是在對內部結構的分析上。

7. **配合知識勘測**。企業可以對企業內部的知識資源作一個全面的

審計。把企業的所有知識作分類整理，記錄存檔。然後確定
發揮、利用這些現有知識資源的方法途徑，以便更好地滿足
企業的需要和鼓勵員工發明、創造的熱情。

篇末小結

我們在這裡所強調的是，不能單純為知識管理而管理知
識。知識管理的最終目的是增強組織的競爭力，增強應變能力
和提高工作效率。這要求企業把知識管理納入到企業的戰略管
理體系中去，讓知識管理服務於企業既定的戰略目標。也就是
說，知識管理本身只是一種手段，它的價值體現在幫助企業實
現其戰略目標。

一般說來，在完成總戰略目標的制定後，企業才著手制定
相關的知識管理策略，以重點突出企業的戰略核心。其實，知
識管理的原則可以應用於整個戰略的管理過程中，從一開始的
商業情報蒐集到後面的戰略實施反饋等。

對於多數企業來說，實施知識管理項目也許是一個新課
題。因此，走好第一步顯得至關重要。選擇恰當的入口點進行
局部試驗，在嘗到甜頭後再逐步推廣，似乎是任何成功改革的
基本模式。但是，企業在考慮知識管理的同時，有必要對知識
管理與企業文化、結構、人員管理的關係，以及所採用的技
術、系統建設作深入的理解。這些正是下一篇所要敘述的內
容。

策略篇

知識管理與企業結構

前面我們已經提到，知識管理與企業結構有密切的關係。實行知識管理要求企業對原來的組織結構做出相應的調整，企業結構必須支持和方便企業對知識的高效管理。企業結構的調整還包括設立知識管理崗位，以及明確知識管理責任制。一個合理的企業結構為企業創造一個方便知識產生、員工協作和知識共享的良好環境。離開企業結構的支持和配合，知識管理不可能取得真正的成功。

在這一章，我們主要探討知識管理與企業結構的關係。我們先考察了企業不同結構形式的發展，接著探討了企業在新環境下如何進行組織結構變革，以迎接知識時代的挑戰。

第一節　企業結構的發展

　　每個企業都有一定的結構形式，大企業的內部還可能會有不同的分支結構形式。目前多數大企業的結構主要源於傳統軍隊式的指揮和控制模式。這種等級結構也叫「金字塔結構」。蕭琛教授在總結了歷史上企業組織概念的兩次轉變時指出，「我們正在進入第三次轉變時期。企業將從上下級之間實行命令和控制，轉向以知識型專家為主的信息型組織」（《全球網絡經濟》，頁92）。企業必須在思想觀念上進行轉變，以適應這種變化。這是企業在新時代裡生存發展的一個必備素質。

一、基本的企業結構形式

　　雖然企業的結構形式千變萬化，但百變不離其宗，我們仍可歸納出三種基本形式的企業結構——簡單型結構、職能型結構和分支（產品）型結構（simple structure, functional structure and divisional structure）（見圖表7）。

　　簡單型結構顧名思義結構極其簡單，不設職能或產品部門。比較適合那些產品種類少（一到兩種產品）、規模小、細分市場容易識別的小型企業採用。簡單型企業在很大程度上取決於經理（雇主）的個人經營能力。企業的管理多為家庭式。經理（雇主）與下屬員工們直接交談，一起研究、解決問題的機會較多。這種形式結構較靈活，容易適應市場環境的變化。

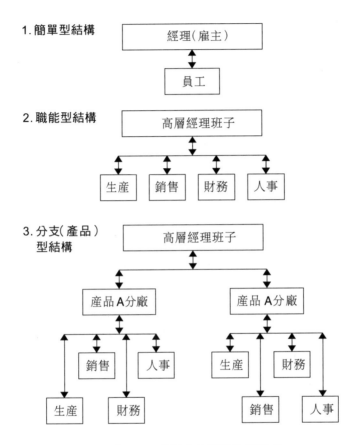

圖表 7：三種基本的組織結構形式
（圖中的箭頭代表知識、信息的流動）

　　隨著企業規模的擴大，企業需要建立不同的職能部門以加強管理工作。職能型結構適合那些在某一行業裡具有多種產品的中等規模企業所採用。職能型企業的領導班子一般由一些具有不同專業特長的經理人員組成。員工也按照各自所掌握的技能歸屬於不同的職能部門，如生產、銷售、財務和人事等。不

同的職能部門間界線分明，跨部門間的協作和知識分享較為困難。

當企業進一步發展，並且在幾個相關行業擁有許多產品種類時，企業多採用分支（產品）型結構。這些企業向跨行業和跨地區方向發展，形成以公司總部為龍頭、具有多個自治或半自治的分支機構的結構形式。每個下屬的分支機構就是一個職能型的結構。因此，分支（產品）型企業其實是幾個職能型企業的總和。在分支（產品）型企業裡，不同分支的界線更加分明。跨分支間的協作和知識分享更為困難。

這三種基本結構至今為大多數企業所採用。傳統上的等級組織制度多指採用職能型和分支型結構企業所建立的企業制度。圖表7表示的是這些結構的最簡單形式。隨著業務的發展、規模的擴大、生產線或服務領域的開拓，企業的結構層次也逐漸增加，形成了被眾多大企業所採用的、所謂的「金字塔」結構形式（見圖表8）。這種結構的主要特徵是權力分布呈金字塔結構，而且權限分明。命令自上而下，逐級下達，猶如軍隊裡

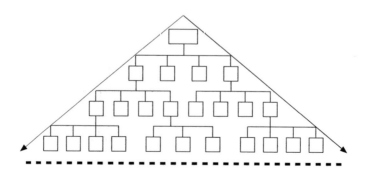

圖表8：「金字塔」結構圖示

的作戰指揮模式。

　　上述的三種基本結構形式和它們的一些變形（如戰略性單元和集團結構〔strategic business units and conglomerate structure〕），並不都能滿足所有企業的發展需要。當職能或者分支結構形式不能適應企業的管理需求時，企業可以考慮採用更複雜一些的組織結構形式。這裡簡要介紹矩陣型結構（matrix structure）（見圖表9）。

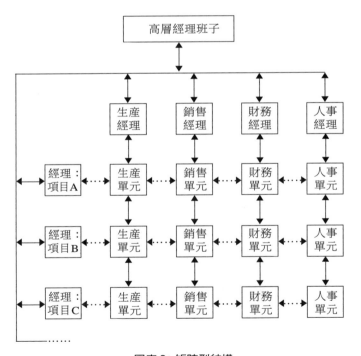

圖表 9：矩陣型結構

（圖中的實線箭頭代表部門內部信息、知識的流動；
　虛線箭頭代表跨部門間信息、知識的流動）

矩陣型結構在同一個組織層次上同時結合了職能和分支（產品）結構形式的特點。員工們一般有兩個主管，一個是產品（項目）經理，另一個是職能部門經理（如銷售經理等）。這些員工由各個職能部門抽調出來，臨時分配到一個或兩個產品單元和項目中去。一旦項目完成，這些人又回到各自的職能部門。產品單元或項目通常都是暫時的，短的一年半載，長的則可能持續三、五年，取決於工作的性質。產品單元或項目小組在成立後獨立行動，就像分支（產品）結構中的一個分支一樣。

矩陣型結構既保留了職能結構的穩定，又兼有分支（產品）結構的靈活性。這種結構形式在外部環境，特別是技術和市場方面複雜多變時尤其適用，但是，它在權限、責任和資源分配上也給企業管理帶來一些麻煩，在矩陣型企業裡，職能經理和產品（項目）經理之間的摩擦時有發生。

總的說來，不同形式的組織結構都有各自的長處和不足的地方，採用哪一種形式取決於企業的策略要求。不同的企業策略要求與其相適應的組織結構，換句話說，不同的組織結構支持不同的企業策略。如果企業的策略改變了，企業應對新策略與結構的匹配關係做出評估，以決定企業結構調整的可行性。

二、企業結構變革趨勢

上面所介紹的傳統型企業組織制度正面臨著極大的挑戰。在過去二、三十年裡，市場的信息化、知識化進程正迫使企業採取以價值為導向、以知識為本的原則，去尋求能適應市場變化的新結構形式。

傳統企業組織制度不能適應迅速變化的市場環境，這主要表現在體制的不靈活和對外界變化反應遲鈍，原因是這種等級眾多、上傳下達的體制造成了企業裡官僚行為的氾濫，這種官僚主義嚴重阻礙了企業快速應變能力的形成。這具體表現在如下幾個方面：

● 機制複雜，冗員過多，企業不堪負其重。這種結構不僅造成管理成本高，而且效率有限。

● 層次繁多導致溝通困難。這裡的溝通既包括內部上下的溝通，也包括與外部客戶的溝通。特別是在大型企業裡面，規模大意味著溝通管道長，信息傳遞的時間長，反饋的時間也長，企業作為一個整體的反應速度自然也就慢了。

● 中間層次過多增加了不必要的工作環節。一個項目的審批或一個計畫的執行要經過若干人的手，雖然有利於把關，但同時也降低了運轉效率。

● 部門間或分公司間缺乏統一協調。不同部門或分支機構之間的競爭不利於企業的整體發展。

因此，面對市場信息化的挑戰，企業應該重新認識形勢，並「尋求一種低成本、高效率、重人性、講團隊、精幹、靈活、機動而又能實行非批量的規模經濟優勢的新體制」（《全球網絡經濟》，頁131）。美國、日本、德國、法國和英國的許多跨國大公司都紛紛採取行動，近年來緊鑼密鼓地進行結構重組和體制改建，企業組織結構形式由原來的「金字塔」結構向網絡型結構發展。蕭琛教授在對西方企業的體制改革進行考察後總結了這個轉型過程的三個主要特徵（《全球網絡經濟》）：

● 結構「非縱化」——也就是原來的縱向結構形式正被「削

平」，特別是企業中層官僚腫塊正被切除。許多美國、日本的大公司對肥腫的肢體動了「外科手術」，廢除了許多原先屬於中間階層的管理頭銜，減少機構層次。

● **總部「小型化」**——通過縮小公司總部，增強效率。通過把各種後勤、服務工作承包給外面的專業公司，企業不再需要設有負責信息、法律和文書等方面的職位。工作人員素質的提高，使得企業在用人方面將更注重任人唯賢，甚至是因人設崗。

● **規模「適度化」**——調整組織格局，向適度或精幹方向發展。過去許多跨國大公司由於規模太大，難以進行統一管理，再加上官僚體制，缺乏應變的靈活性。現在的大公司在嘗試發揮大企業集團規模優勢的同時，盡量使下屬的子公司保持在適度的規模。通過把一些非主要業務工作承包出去，企業既能把精力集中在主要業務活動上，又能避免由於規模太大而出現的官僚問題。

　　上述企業「三化」的目的，可以說是企業實施「短、平、快」戰略的具體表現。在當今變化激烈的競爭環境中，時間意味著一切。為了縮短技術應用的時間，縮短產品到市場的時間，企業需要建立一套快速反應機制。知識在這個過程中起著重要的作用。而傳統的垂直型「金字塔」式結構根本無法滿足這個要求，部門間的森嚴壁壘，官僚體制所造成的人浮於事，以及等級制度所導致的反應遲鈍等，使得機構變革對於任何一家想在競爭中生存發展的企業來說勢在必然。變革的一個方向是改變企業的縱向結構，使之向「扁平」方向發展。結合當今先進的信息、網路技術，這種所謂的「網絡型」結構被認為是

「信息服務業時代的代表結構」，是二十一世紀企業結構變革的一個發展方向。

第二節　結構變革迫在眉睫

在知識時代裡，不僅企業的結構變革正悄然進行，而且企業間的合作形式也正在產生質的變化。市場結構正重新組合。企業結構變革不只包括形式上的改變，同時也包括設立與知識管理相關的新職位。在當今歐美的跨國大企業裡，首席知識長官和知識經理正成為炙手可熱的職位。

一、企業結構的網絡化特徵

如上所述，企業結構的網絡化是當今企業結構變革的一個發展方向。變革的目的是使得組織結構能更有效地促進知識的交流和分享，以提高企業的市場競爭力。由於企業越來越傾向於組成跨職能工作組形式進行管理，橫向分工替代傳統的縱向分工，致使網絡化的形成成為企業結構進化的必然途徑。這裡的「網絡型」有兩重含義，一指企業內部結構的網絡化；另指在外部與其他企業合作形式的網絡化。這一小節著重探討企業內部結構的網絡化趨勢特徵。外部網絡化的發展則在下一小節介紹。

管理學之父杜拉克在他八○年代末所發表的〈新企業的誕生〉一文中，對新型企業的結構形式曾作過預測。他指出，知

識重要性的提高將最終改變企業的面貌，未來的企業將更依賴於信息。企業目標明確、結構「扁平」、以任務為導向。更重要的是，未來的企業將是「專家型」的企業。他拿這樣的企業與醫院、大學以及交響樂團相比。醫院、大學或交響樂團都是專業團體，基本上由專業人員組成，是典型的知識型組織。在這些專業組織中，中層管理人員往往是多餘的，即使需要，數量也是極其有限，而且，他們所扮演的角色也將發生變化。因此，杜拉克斷言大企業的管理層次在二十年後將減少一半以上。

> 未來的企業將是「專家型」的企業。

　　知識型的專業人員掌握著本專業的業務知識，他們所從事的工作性質要求他們在工作過程中不斷創造和應用知識。而且由於他們所掌握知識和經驗的獨特性，再加上他們所從事的專業工作多數要求他們直接面對客戶，專業知識人員在自己的業務範圍內擁有很大的自主權。這樣，企業的整體表現更注重專業知識人員之間的協作，就像交響樂團演奏的成功取決於團裡每一個成員的完美配合一樣。

　　正基於此，「網絡型」結構與傳統的「垂直型」結構截然不同。不同企業都正在尋求適合自身發展的體制和結構形式，各種各樣的新結構和新名詞層出不窮。除了前面所提到的利用跨職能小組打破部門堡壘，和橫向溝通促進協作和配合外，還有所謂的「網絡組織」、「策略聯盟」（network organisation and strategic alliances）（下一小節將介紹）、商業網絡的重新設計（business network redesign）、特別任務小組（task focused teams）、網絡小組（networked group）、平面組織（horizontal

organisation）等。由於篇幅的關係，下面我們只簡要介紹網絡
小組的結構特點。

　　網絡小組指以首席行政長官或高級行政班子為首的一個專
家小組，成員們來自企業裡不同的職能部門或分支機構、不同
的等級層次和不同地理位置。這樣的一個網絡小組把不同成員
的知識、技能、經驗和特長融合在一起，使得經理們能夠像管
理小企業一樣管理好一個大型企業。網絡小組不像跨職能小
組，跨職能小組多為臨時性的組合，在項目完成後通常被解
散。而網絡小組則具有永久性，它的存在是為了促進網絡裡成
員間的信息和知識交流。

　　在大多數傳統企業裡，命令自上而下，而信息的流動則是
自下而上，關於生產、市場、銷售等的信息都是一級一級往上
報。這種信息的傳送方式不但沒法做到及時準確，而且容易在
傳送的過程中被操縱和竄改。能及時掌握到信息的人缺乏自主
權，有決定權的人卻又缺乏及時的信息。在網絡組織裡，特別
是在一個跨越國界的全球網絡裡，信息是透明和同步的，網絡
的成員在同一時間裡收到相同的信息，不單只外部的信息能夠
得到及時的交流和傳遞，而且成員們的經驗、觀點、成功的訣
竅，以及所碰到的問題等，都可以在網絡中得到分享。信息和
網路技術的發展為這種信息和知識的分享提供了堅實的技術保
障（請參閱第十章和第十一章）。

二、企業間合作方式的發展

　　為了快速及時地應付由於市場急速變化和競爭產品的不斷
更新換代所帶來的壓力，企業間的合作形式也朝著網絡化的趨

勢發展。合作種類包括承包、建立有附加價值的夥伴關係，以及形成戰略聯盟等。

　　這種企業間的網絡組織由若干個獨立的企業實體組成，形式像一個鬆散的企業集團。在網絡裡，可能一個企業負責產品的研究和設計，另一個企業負責生產，市場和銷售則可能由別的企業負責。原先一個企業裡的不同職能現在由好幾個不同的企業負責。耐吉（Nike）運動用品公司就採用典型的網絡結構，公司保留設計和市場營銷功能，並只擁有一個小工廠，其他的則承包給外面的企業，特別是產品的生產都承包給勞動力低廉的發展中國家的工廠。這極大地降低了生產成本，增加了產品的市場競爭力。戴爾（Dell）電腦公司是近年來在電腦行業裡異軍突起的一家電腦製造商，它的所有電腦也不是自己生產的。戴爾沒有自己的工廠，只有兩個小裝配車間，負責把從外面運回來的配件裝配成電腦產品，戴爾自己負責的是產品的市場營銷和售後服務這兩個電腦行業裡較為脆弱的環節。

　　上述的這些企業的結構特點使得企業能把精力集中在自己擅長的領域。其他的業務活動則承包給具有該方面特長的外部企業（請參考圖表10）。這種合作能起到取長補短、互惠互利的好處。但是，這種良好的合作取決於承包合作方的選擇，合作方必須是在知識能力上能互相匹配互補、並且雙方的企業文化必須有較大的兼容性。另外，企業也必須同時注意到承包所帶來的潛在社會影響（如上面提到的耐吉的作法就招來了不少非議。主要指耐吉剝削第三國家廉價的勞動力。許多生產耐吉產品的工廠環境極差，工人工資極低，有的工廠甚至雇用童工，從而導致一些民權人士發起抵制耐吉產品運動）。

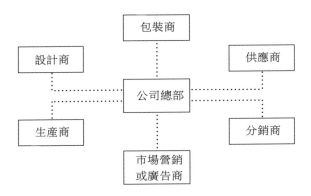

圖表10：企業合作的網絡結構形式
（圖中虛線代表知識、信息的流動）

　　那些具備圖表10所展示的網絡結構的企業也通常被稱為「虛擬」組織。這樣的企業幾乎「沒有什麼結構形式」。因為，對照傳統型企業，這種組織形式幾乎沒有傳統的職能部門（如採購部、生產部等）。整個企業基本上由一系列的項目或協作小組所組成，這些小組則通過可能不斷變化著的網絡（包括人際或電子網絡）相連接。實際上，這樣的企業只有一個外殼，只保留著公司總部和一些全部或部分控股的分公司。公司總部就像是經紀人似的，通過信息網絡與散布在世界各地的分公司、合作夥伴或其他公司聯繫，協調工作進度。互聯網、協作技術的發展使得這種聯繫可以跨越時間和空間的局限，並且極大地提高了企業間的合作能力。概括地說，由若干不同企業組成的「虛擬」組織或「網絡」組織，就是這樣通過網絡間的聯繫，一起協作設計、生產和推銷產品和服務的。

　　為了使網絡能更好地為企業服務，合作企業間必須建立密

切的關係——一種能給合作各方帶來高附加值的夥伴關係。這
種關係不只限於傳統上的電子數據互換（EDI: Electronic Data
Interchange。這是企業間數據交換的一種形式。在這一篇的知
識管理系統裡將有較詳細的介紹。）關係，它的建立和維持在
很大程度上取決於合作各方的態度和作法。例如，一個超級市
場和它的供應商之間的合作關係，不應只限於在月底或年終互
相交換訂貨的單據數量和貨款償還情況。商場可以提供有關
畫，給商場提供及時應市商品。正是這種緊密的合作關係使得
通用汽車公司把原先的採購部改名為供應商開發部，以加強與
供貨廠家的聯繫。

除了建立高附加值的夥伴關係外，許多企業還與原先的競
爭對手或其他企業組成戰略聯盟。這幾乎成為一種發展趨勢，
尤其是在國際競爭比較激烈的產業裡，如汽車、信息電子、通
訊和航空業等，這種戰略聯盟形式的出現極大的改變了市場的
競爭格局。近年來聯盟的形式多採用鬆散的協同方式，目標則
側重在市場聯合和技術合作。目前許多行業中企業間的關係發
展是既有競爭，又有協作，在競爭中協作，在協作中競爭。其
實，協作是獲得知識技術和市場進入的有效途徑，並且能降低
交易的成本費用。如銀行和其他金融機構互相利用對方的通訊
網絡，為自己的客戶提供自動櫃員機交易，就是一個典型的例
子。又如擁有眾多企業、競爭激烈的電腦行業，協作合作的現
象尤其普遍。因為單憑自身的力量，就連IBM這樣的電腦巨人
也很難在市場競爭激烈、技術日新月異的電腦市場中獨占優
勢，這也是IBM與多年老對手蘋果公司結盟的一個主要原因。
IBM長期主宰著電腦主機行業，而蘋果公司則憑著其先進的電

腦技術在市場中占據一席之地，面對來自日本和歐洲競爭對手的強大攻勢，這兩個冤家對頭不得不聯合起來，利用彼此的優勢以保持和鞏固已經建立起來的市場地位。正如IBM總裁庫赫勒所説的：「我們提供環境，他們提供智慧」。團結就是力量，這也許是戰略聯盟的意義所在。

日本的企業在組建戰略聯盟上有許多獨到的地方。一個企業集團可能擁有多達兩百所的成員公司（如三菱集團），這些成員公司既包括同行業裡從供應到生產、銷售的上、下游企業，也包括相關的跨行業企業、銀行和金融機構。成員公司間交叉控股，形成一個縱橫交錯的利益網絡。聯盟公司在業務交往上更是互相照顧，互相支持，共同控制市場，分享利益。成員公司的總裁還定時聚會，互通信息，協調彼此間的合作。這樣組成的聯盟猶如鐵打的堡壘，這也是外國競爭者很難打進日本市場的一個主要原因。

三、與知識管理相關新職位的增加

企業結構的變革還包括創立一些新的職能部門或安排一些新的工作崗，位從事有關知識的蒐集、登錄、傳送和再利用等工作，同時也明確制定有關知識管理崗位的責任。企業在內部設立與知識管理相關的工作崗位，上至首席知識長官，下至知識管理員、知識協調員或知識編輯等，目前多數的企業裡很少人有能力對自己的知識進行分類編撰，並加以系統化，也很少有人能有時間坐下來把整理出來的知識輸入到企業的知識庫裡。

例如，一個技術小組設計出一個非常暢銷的新產品，但是

由於各種原因，小組裡面沒有一個人能夠準確地把產品開發設計過程中產生的許多寶貴知識經驗描述出來，並輸進知識庫裡。這很多時候是由於該知識或點子的發明人無法用語言對知識的產生過程進行描述，或無法解釋清楚。記得前世界乒乓球冠軍莊則棟在他的自傳裡就曾經說過，由於他一有空的時候喜歡琢磨乒乓球的打法，這樣時不時會想出一些新的招式，並在實戰中取得很好的效果。但他卻不能在球隊的交流會很好地解釋，為什麼他不這樣打而那樣打，為什麼他用這種打法而不用那種打法，因此他經常挨批評。

其實，這種事情可能發生在所有人身上。不是他不願意說，而是苦於表達不出來或難以用語言進行詳盡的描述而已。所以，企業需要有掌握專業技能的人做這個工作，把知識從技術人員腦子裡挖掘抽取出來，進行分類，整理成帶有一定結構形式的知識，並且負責維持或者不斷地加以提煉。目前多數大學沒有設立專門的課程培養這方面的人才，但我們可以在新聞專業和圖書館學的課程裡找到較相似的能力要求。

近幾年，與知識管理相關的職位迅速增加。許多跨國大企業紛紛設立這樣的職位。據報導，前安德信諮詢和IBM等公司都有超過兩百個這種性質的職位，可口可樂公司大約有四十個。隨著越來越多的人從事知識工作，這個行業將逐漸走向專業化。所以，專業協會的成立和出現或許有助於知識行業的健康發展。

四、知識經理與首席知識長官

1.知識經理和知識項目經理

　　知識經理和知識項目經理可以說是企業知識管理中的中層幹部。從前些年的經驗看，企業對知識的管理大都體現在它所實施的一些與知識相關的項目上。而這些項目多數是圍繞某些對企業來說十分重要的知識的管理，或者改善某些與知識密切相關的經營活動。那麼，作為一個知識項目經理，必須具備項目管理、改革管理和技術管理方面的能力。一個理想的知識項目經理應該是一個綜合型人才，具有研究、企業行為管理和技術項目管理的背景，具備技術上的、心理上的和管理上的綜合能力。

　　在上一篇的策略篇裡，我們已經介紹了策略制定和項目實施的管理事項。在這裡我們從知識管理項目經理的角度，再具體談一下項目經理的職能範圍。

知識經理的職責

　　跟其他的項目管理一樣，知識項目經理工作的職能範圍包括：

● 根據企業所定的策略和目標，制定項目的目標。

● 成立項目執行小組並挑選參與人員。

● 制定和管理項目預算和項目執行時間表。

● 找出並解決項目實施中可能碰到的問題，為項目的順利實施掃除障礙。

● 對項目的執行和完成情況進行監控評估。

　　除了上述幾點之外，知識項目經理還應該對網路數據庫的應用、團隊的自我管理、知識的結構形式和獎勵機制具有較深刻的理解。不論管理哪種類型的知識工人，知識項目經理應該與他們打成一片，了解他們的知識觀，和掌握如何鼓動這些知識工人積極參加該項目的活動。

　　取決於所執行項目類型，項目經理所從事的具體工作也各不一樣。例如，如果要實施的項目是為企業或某個部門建造一個知識庫，那麼項目經理的具體任務包括決定究竟用哪種技術來儲藏知識，說服和鼓勵員工積極為倉庫提供知識，和設立一個儲存知識的結構架構等。如果要實施的項目涉及知識的轉移，那麼項目經理的任務則是識別、建立和監控知識分享的管道。這樣的一個管道可以包括員工人際間的知識分享和電子網路間的知識互享。

2.首席知識長官（Chief Knowledge Officer）

　　近年來，許多美國、歐洲的企業紛紛設立首席知識長官的職位，負責對企業範圍內一切知識管理活動的領導，包括知識管理策略、政策的制定，監控策略的實施執行，以及協調各部門的知識活動等。有些公司則任命所謂的首席學習長官（Chief Learning Officer）。首席學習長官的職能範圍基本上與首席知識長官相同。不過首席學習長官還負責組織學習培訓等有關事項的領導。還有一些公司使用不同的職位術語，如斯肯地亞（Scandia）保險公司的智力資本總監、伯克曼（Buckman Laboratories）化工公司的知識轉移總監和道（Dow）化學公司

的全球智力資產總監等，但它們的職能範圍都與首席知識長官或首席學習長官相似。這些都是企業裡的高級管理職位，大多數直接向首席執行官彙報工作。

首席知識長官的職責

首席知識長官在企業裡是一個比較複雜的多面體角色，這是一個具有特別任務和責任的職位。一個首席知識長官必須做到：

- 利用一切機會，宣傳知識和學習的重要性。隨著知識在企業戰略上和經營過程中占據越來越重要的地位，企業必須作相應的改革，特別是在企業文化和人的行為方式上下功夫。持續及強而有力的宣傳將有助於改革的順利進行。
- 設計、建立和監控企業的知識設施。這些知識設施包括知識庫或圖書館、知識基地、人際間的和電腦的知識網絡、研究中心以及支持知識管理的組織結構。
- 處理好與外部信息、知識提供者，如與有關培訓單位或信息公司、數據庫公司等的關係。很多企業每年都要在這些方面花上一大筆錢，所以處理好這些關係有助於企業減低費用，和提高在這些方面的投資回報。
- 為企業範圍內知識的創造和使用，如新產品的開發或市場的調研等提供有價值的指導，並在需要的時候為這些知識的創造和使用提供方便。
- 設計和建立本企業知識編撰的方法途徑。這些方法途徑須詳述企業所需要的信息、知識的種類，並且對企業目前的庫存知識與將來發展所需要的知識差距進行測定。

- 採用傳統的財務分析或其他現代的分析技術對知識的價值進行衡量。如果企業缺乏對知識價值的衡量和管理方法,知識管理將很難維持下去。

- 管理好知識經理和知識項目經理。建立知識的管理標準,培養知識經理對企業的歸屬感,和給他們事業的發展提供機會。

- 盡可能地挖掘公司的知識資源,制定知識管理策略,彌補企業目前的知識能力和將來發展所需知識間的縫隙,給企業的繼續發展和成功提供源源不絕的智力資源。

在上述的這些首席知識長官的責任中,構建知識文化、建立知識管理設施以及高效的管理都是比較重要的。文化因素是一個關鍵因素。它的改變通常需要比較長的時間和努力。改革能否成功取決於企業所有員工的參與和強有力的領導,但在短時間內,企業可以通過對員工進行宣傳教育、建立鼓勵和獎勵機制,以及管理人員起帶頭作用來較快地培養注重知識的行為習慣。

建立知識管理設施涉及許多方面的內容。我們在接下來的知識技術和知識系統兩章裡將作深入的探討。它涉及建立電腦工作站、電腦網路、知識庫、搜索引擎和知識登錄方法等。除此之外,它還涉及到一個比較棘手的事情,就是在企業內部不同的部門和功能小組裡,建立起人與人之間的知識轉移管道,建立和維持這些管道的正常運轉需要許多時間和精力投入。

最後,知識管理必須能給企業帶來實惠的東西,這是實施知識管理最終的目的。像做其他的投資項目一樣,知識項目也應該做到低投入,高產出。所以,首席知識長官必須能夠確定

怎麼利用知識管理為企業增加盈利或節省費用，能增加多少利潤或節省多少費用等。

首席知識長官必備特質

基於上述的責任，首席知識長官的經驗能力及個性魅力極其重要。除了具備作為一個高級經理的能力和技巧外，首席知識長官還應該具備下面幾個特性：

- 對知識抱有熱誠，堅信知識在企業經營管理中的重要性、知識在人類生活和經濟活動中的價值。堅信知識能夠、也應該被管理好。
- 從事過有關知識管理方面的工作，在知識的創造、傳播或應用方面有豐富的經驗。
- 對知識管理和知識技術的應用有較深的理解。
- 知識淵博，對企業的計畫、生產、技術、市場、財務等經營管理的各方面都有所了解。
- 熟悉企業的主要經營過程，特別是對其中有關的知識活動和過程有深刻的理解。

這裡可以看出，一個優秀的首席知識長官必須具備一些電腦技術的知識，較強的財務分析能力，豐富的人事人際管理經驗，和敏銳的商業頭腦。當然，我們必須承認，在現實中很難找到同時具備這麼多能力和素質的個人。但正如我們一再強調的，人是整個知識管理的核心。作為一個領導者，首席知識長官肩負的一個重大責任，是改變企業員工的行為方式和企業文化中有礙知識發揮發展的不利因素，這可以說是首席知識長官最富有挑戰性的工作。

第八章 知識管理與企業文化

做好知識管理工作應該是企業裡每一個員工的責任。成功的知識管理有賴於企業上下所有人的參與，員工們在做好日常工作的同時，應該做好與該工作相關的知識積累。因為企業各個職能部門，如生產計畫或市場營銷人員等，在工作的過程中需要創造、分享、搜尋和使用知識。為了行之有效地做好知識管理工作，企業應在其內部培養一種注重知識的文化氛圍，使知識互享成為員工的行為習慣。本章先對企業文化的形成發展、企業文化的特徵作一簡要敘述，然後重點討論企業如何重新鑄造新的企業文化，為開展知識管理活動提供一個良好的內部環境。

第一節　企業文化
──企業成功的基石

　　文化是一種複雜的社會現象，它是某一社會或集團的成員所共同擁有的一種根本的、為該社會或集團所特有的、內在的東西，是該社會或集團的成員在多年的生活、創造實踐中形成的共同的精神財富，是他們的信仰、風俗習慣和智力發展狀況的一種綜合體現。不同的國家有不同的文化，同一個國家中不同民族、階層或團體的文化也各不一樣。一個企業，作為一個獨特的社會團體，自然也有它自己獨特的文化特徵。

一、什麼是企業文化

　　企業由許多不同的個體組成。對於個體來說，個體有他們自己的價值觀念、行為習慣。企業也一樣，有它自己獨特的歷史、獨特的價值觀念和行為習慣。但是企業文化並不是企業裡員工個體文化的簡單總和，其實，員工的個體文化並不是都跟企業文化一致，有時它們之間還可能會有衝突。企業文化是企業員工共同信仰、期望和價值的集合體。它決定一個企業思考、行動和應變的方式，決定什麼對企業來說是對的、什麼是錯的。這些信仰、期望和價值觀念在企業內部為廣大員工所分享和遵從，並且代代相傳。

　　企業文化與企業的使命、策略以及技術和生產過程密不可分。它告訴人們：「我們是誰？做些什麼？想達到什麼目的？用什麼樣的原則」等。企業文化還經常包括一些非正式的行為

準則，這些準則形成一個企業獨特的行為方式，成為不可置疑的傳統。雖然沒有明文規定，但員工們都理所當然地接受這些行為方式。有異於這些「自然」的行為方式都可能被看作是對傳統的「叛逆」。

對於有些企業來說，企業文化在企業的政策綱領裡以書面的形式明確地被表達出來。有的企業以「信條」（credo）的形式對文化加以濃縮，有的則包含在企業對宗旨（使命）的陳述裡（請參考上面策略篇中西澳銀行的企業宗旨〔使命〕）。這些「信條」或使命成了指導企業發展的思想基礎。對於那些沒有把企業文化書面化的企業，不等於它們就沒有企業文化。在這些企業中，企業文化間接地體現在員工平時的言行中，體現在他們日常的工作中。如一個較有工作經驗的人，剛到一個公司後總會先對周圍的環境、同事們觀言察色一番，一方面了解公司內部的運作、協作方式，另一方面了解被廣泛接受地、「好」的說話做事的習慣。如見什麼人說什麼話，什麼時候該做什麼事、不該做什麼事，怎麼做等，從中學習在公司裡生存、發展的訣竅。

對於大型企業，企業文化總的來說是企業創建者的信仰和企業使命的一種反映。大型企業的文化一旦形成便較難改變，俗話所說的「江山易改，本性難移」說的也是這個道理。因為改變既成的文化觀念需要牽涉到許多方面的關係，需要企業上下員工的共識。但企業文化也不是完全靜止、不能改變。隨著企業的發展以及在不同時期策略重點的轉移，企業文化也動態變化著。如果企業文化過於根深柢固，沒有足夠的活力以適應變化，則是一個危險的跡象。許多人認為只有大企業才有文

化，大企業才必須強調文化管理，實際上，小企業也有自己的企業文化。但是，對於小企業來說，其企業文化更多是企業經理（或老闆）個人價值觀念、行為習慣的反映。小企業的文化較容易改變，由於小企業沒有那麼多的官僚體制，一旦經理（或老闆）意識到勢在必改，他可以馬上改變原先的作法，以適應新的環境變化。

綜上所述，企業文化是企業作為一個集體擁有的價值觀念和行為習慣，它是一把雙刃劍。如果它能持續地與企業策略保持協調一致，企業文化必將成為企業發展的強大動力，成為企業成功的基石。如果它不能與企業策略協調一致，企業文化則將嚴重地阻礙企業的發展。這種情況往往發生在企業的變革時期，當企業面對新環境需要改變競爭策略時，舊的企業文化由於不能跟上改革的步伐而成為改革的阻力。

二、企業文化的屬性

企業文化有兩個顯著的屬性，分別是文化的深度和融合度（intensity and integration）。文化深度指的是企業某個部門（或分公司）的員工接受企業所宣揚的價值觀念、行為準則的程度。例如，像新力公司這樣的一家視質量為性命的老牌企業，質量第一成了企業上下堅定不移的信念，其注重質量的程度自然比新企業深得多。在一個文化深度較深厚的企業裡，員工的行為表現具有連貫性，企業能夠在長時間內保持較一致的作法。

文化的融合度是指企業裡的各個不同部門（或分公司）對企業文化的理解程度，這是企業文化的寬度。上一章討論過的

企業結構與企業文化有著密切的關係，傳統型的企業等級制度明顯，採用軍隊式的管理作風，強調步調一致的作法，故此企業文化的融合度高。相反，現代型的企業則由於具備較鬆散的組織結構，各個部門（或分公司）有較多的自治權力，故此企業文化的融合度不高。各個部門（或分公司）都有它們自己的次文化。這在那些跨國、跨地區的大公司裡尤其常見。

三、企業文化在企業管理中的重要性

　　一般說來，強有力的企業文化對企業員工的一言一行有著直接的影響，在生產管理過程中扮演著重要的角色。這主要集中在下列幾個方面：

1. 給企業所有員工帶來一種歸屬感。
2. 創造崇高感。使員工們擺脫「小我」，進入「大我」狀態。
3. 增加組織的穩定性，增加社會的穩定性。
4. 幫助員工理解企業各項活動的內在意義，並為他們提供行為指導。

　　鑒於企業文化在管理中諸多的作用，可以想像得到任何一個成功的企業必然有著優秀的企業文化。西安楊森製藥有限公司是美國嬌生（Johnson & Johnson）公司屬下比利時楊森製藥（Janssen-Cilag）公司在中國大陸的合資企業。自一九八五年成立後，多年來連續名列中國十大醫藥三資企業榜首。一九九九更被中文《財星》雜誌評為中國十大最受讚賞的外資企業之一。作為美國嬌生集團的一個分公司，西安楊森既要實現自己既定的目標和計畫，又必須符合嬌生公司全球的戰略和期望，如何處理好這個問題是每一個跨國集團公司和它們的分公司都

必須面對的。西安楊森一早便意識到企業文化在企業經營管理
中的重要性。

　　西安楊森的企業文化融會了中西方文化的精華,被認為是
中西文化合璧的典範。根據「忠實於科學,獻身於健康,把西
安楊森建成中國最美好的公司之一」的企業宗旨,西安楊森定
下「止於至善」的企業目標,意在鼓勵企業廣大員工持續上
進,精益求精,以達至善境界。後來,根據企業發展需要,西
安楊森又引進了母公司美國嬌生公司的嬌生「信條」(credo)
──「對顧客、員工、社會和股東負責」。

　　具有一百多年歷史的美國嬌生公司被列為美國五十家最大
的企業之一,是世界上最大的綜合性保健品製造商和服務商。
產品涉及消費品市場、製造業和醫學專業市場。嬌生公司在全
世界五十多個國家設立有將近兩百家分公司,員工總數達到十
萬名。在嬌生的發展過程中,「信條」起著不可估量的作用。
嬌生「信條」是嬌生文化的精髓,至今已有一百多年的歷史,
它強調以人為本的精神。嬌生的共同價值觀把公司在全球將近
十萬名員工緊密地團結在一起。嬌生還銳意在全公司內創建真
正的創新文化,公司鼓勵員工在做每一件事情的過程中都融合
進創新的精神。嬌生把研究開發看作是公司發展的基礎,每年
在這方面投下巨額的投資。公司擁有超過九千名研究人員,每
年三分之一以上的銷售都來自於過去五年內開發出的新產品和
最新投放市場的產品。創新給嬌生帶來的另一個好處是經營成
本的降低,創新使得嬌生每年可以節省三十億的美元左右。

　　西安楊森正是在母公司成功的基礎上,融合中西方文化於
一爐,建立起獨特的企業文化。這其中有賴於以總裁莊詳興為

首的領導班子卓越的領導能力。在生產發展的初始階段，為了激發員工的個性和潛能，他們提出了鷹文化，意在激勵銷售人員發揚雄鷹精神，培養獨立作戰能力和開拓進取精神，迅速占領市場。當市場發展到一定程度後，他們又設計了「雁文化」。雁富有團隊精神，象徵著紀律和合作。現在的西安楊森文化便是這鷹和雁文化的結合──鷹的獨立進取，勇往直前；雁的團結協作，互幫互助。公司既注重個人的成績表現，更鼓勵團隊合作。通過個人間、部門間的相互配合，以達到雙贏雙利，共同提高的目的。

西安楊森不只注重外在環境建設（如較好的辦公環境、技術設施等），而且更強調企業內在的精神建設。培訓是公司實施人力資源開發計畫的重要組成部分，公司具有特別濃的文化氛圍，企業文化的濃度和融合度都比較高。在西安楊森，上至總裁下至一般員工，都無不為自己的企業文化感到驕傲和自豪。每年公司都要舉行一年一度的「信條日」和「信條周」活動，以宣揚和強化其企業文化。公司高層領導親自帶頭，以身作則，各個部門的負責人都負有宣揚企業文化、並把之落實到具體行動的責任，基層員工都參與企業文化的建設。這樣建立起來的文化不僅具有感召力和說服力，而且深入人心，為廣大員工所接受和擁護。總而言之，西安楊森能夠取得如此輝煌的成就，除了正確的市場策略、高素質的人才隊伍等因素外，其優秀的企業文化功不可沒。

正是由於企業文化在企業經營管理中的重大作用，它能夠極大地影響一個企業實行策略性轉變的能力。優秀的企業文化不單只是幫助企業應付生存，而且應當為企業取得卓越的競爭

優勢提供堅實的基礎。總部在瑞士蘇黎世的ABB公司是一家世界性的電力廠和電子設備建造廠家，其業務範圍遍及一百四十個國家，它在全球範圍內建立起一整套統一的文化價值觀念，ABB堅信能夠在與對手（如德國的西門子〔simons〕和美國的奇異公司）競爭中取得優勢。

一九八八年，ABB由當時的瑞典ASEA公司和瑞士的BBC公司合併而成。那個時候，兩家公司在電子設備和工程方面都遠遠落後於它們的競爭對手。在這種情勢下，面對著來自世界性跨國大公司的挑戰，總裁P. Barnevik（巴尼衛克）提出把ABB建成一家沒有地理範疇的公司——一家具有許多「國內」市場、但又能利用全球資源、發揮全球優勢的公司。為了做到這一點，巴尼衛克任命了五百名具有多文化、多語言背景的全球經理。這些全球經理來回穿梭於ABB在一百四十個國家中的五千個利潤中心。他們的任務是幫助ABB在該地區的子公司減少營運成本，提高經營效率，和保證該地區的經營業務與ABB的全球戰略目標保持一致。

ABB要求各個地區的下屬子公司，根據所經營業務的不同，分別向公司的全球經理和負責制定該業務的全球發展策略經理彙報工作。例如位於墨西哥的ABB汽車廠經理直接與南美區的全球經理和負責制定全球汽車經營策略經理聯繫。如果出現本地業務發展與公司的全球競爭策略有不一致的地方，則由全球經理全權處理。

很少跨國大公司能像ABB那樣把公司的全球與地區戰略成功地結合在一起。ABB成功的關鍵在於它能夠發揮企業文化的作用。就像巴尼衛克所說：「我們的力量來自上下的團結一

致。如果你能夠真正做到這一點，那麼你就能在競爭中取得優勢。而這種文化上的優勢是其他公司所無法模仿和超越的」。

第二節　鑄造企業知識文化氛圍

由於企業文化的存在依賴企業內部穩定的關係和行為方式，因此企業文化一旦形成，它對於變革有極大的牴觸傾向。當處於轉變時期的企業對正改變的經濟、政治以及市場環境做出相應的策略性調整時，這種策略轉變很可能會遭到既有文化的牴觸。所以，任何大的改革措施必須伴隨著文化的相應轉變。企業的決策管理層在實施改革前，必須就策略改變對企業文化的要求進行評估，弄清是否應該改變現有的企業文化、怎麼改、改變的幅度和深度等，以決定改革的價值及其可行性。

一、對企業策略與文化相容性的評估

在企業準備實施一個新的策略之前，企業應對策略與文化的相容性進行評估。評估的步驟可參考圖表11。在評估的過程中，管理人應考慮下面幾個方面的問題：

1. 準備實施的策略與目前的企業文化是否相容？如果相容，那是最好不過的事情。企業可以馬上推行制定的策略。在實施的過程中，讓員工們認識到新策略如何更好地完成企業使命，把改革與企業文化聯繫在一起，以促進改革的順利進行。如果不相容，則看⋯⋯

2. 目前的文化能不能較容易地被改變，從而與企業的新策略相
   容？如果能，對下來的行動做一個周密的計畫。引進一系列
   的文化變革措施，如小範圍的結構調整，員工的培訓計畫，
   或者招聘、起用適合實施新策略的管理人員等。當奇異公司
   的決策管理層決定實施一個新的降低成本策略時，公司對一
   些工作程序和項目做出調整，但原來的品牌管理系統並沒有
   被廢除，當公司文化在一、兩年的時間適應了這些變化後，
   生產率自然得到提高。如果不能，則看……
3. 企業的管理層是否願意和有能力實施大的變革，並且承受大
   規模改革所帶來的風險，如改革計畫的推遲和改革成本的增
   加？如果行，一個比較有效的作法是建立一個新的分支機

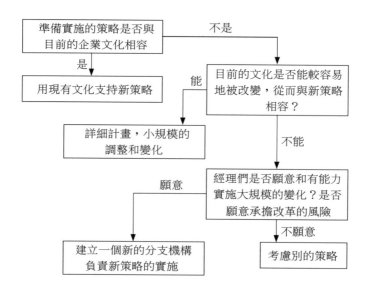

圖表11：評估企業策略和文化的相容性

構，讓這個分支機構負責新策略的實施。隨著汽車市場競爭
的白熱化，通用汽車公司的高層領導意識到公司必須進行大
規模的改革，以提高競爭力。由於現有的企業機構、企業文
化和工作程序特別官僚，缺乏活力，公司決定建立一個全新
的分公司生產新設計的汽車，並在這新公司裡建立一套更適
合現代競爭的新企業文化。如果管理層不願意或缺乏進行大
規模改革的能力，則應放棄該策略的實施，作別的打算。

二、溝通是文化變革的關鍵

溝通是有效變革的關鍵。策略轉變的理由，實施後它所能給企
業、員工們帶來的利益，以及實施時可能帶來的潛在影響等，
都應該讓員工們知道。宣傳的手段可以不拘一格，多管齊下。
不只通過公司的內部通信和經理們的演講座談形式，也可以通
過會議、組織學習和培訓的形式，目的是充分調動員工參與的
積極性。

　　能夠成功實施文化變革的公司一般具有如下的特徵：

- 公司總裁和其他高層經理具有傑出的領導能力。他們高瞻遠
矚，而且能夠使公司上下理解並認同他們為企業所定下的戰
略遠景。企業應該不斷地拿自己的表現與周圍的競爭對手作
比較，不斷地調整、提高本身的競爭能力。
- 根據所制定的遠景規畫，找出實現這個規畫的關鍵因素。例
如，如果一個企業的戰略目標是成為該行業產品質量的佼佼
者，那麼如何保證超一流產品質量的相關因素應該被一一識
別出來。
- 建立一整套保障體制。如上例中的企業可以建立一套產品質

量監督、衡量體系，以便對整個生產過程進行嚴格監督和控
制，杜絕次品和不良產品的產生。

● 通過廣泛的宣傳，正式、非正式的培訓、競賽，經濟上、精
神上的獎勵等，使這些保障措施、體制為廣大員工所遵守執
行，並持之以恒，以形成促進員工良好行為習慣。

三、知識文化的鍛造

　　進入知識時代後，企業遇到的一個較大挑戰是伴隨著企業
轉型而來的企業文化的變革。比起企業其他方面的改變，如策
略的重新調整、技術的改良等，企業文化的變革是最棘手的一
件事情。特別是對於那些歷史較悠長的企業，強有力的舊文化
會抗拒改革、迫使企業保持原狀。這樣，企業文化不單不能成
為改革的動力，反而成了改革的阻力。

　　再者，中國傳統文化裡保留著許多對知識分享不利的消極
因素。如俗話裡的「傳內不傳外」、「逢人只說三分話」、「隔
行如隔山」、「學而優則仕」等，都是一些有礙知識分享的文化
傳統。在一個彼此缺乏信任感的工作環境裡，在一個把知識當
作權力或地位象徵的環境裡，如果員工之間互相防著，計算
著，可以想像再先進的知識管理技術、再好的項目管理技巧，
也難以取得應有的效果。

　　因此，知識文化能否順利建立，成了企業成功轉型的關
鍵。在企業文化更新的設計和實施上，人力資源管理起著重要
的作用，文化的問題歸根結柢就是人的問題。鑄造企業的新文
化也就是重塑企業的靈魂，更新企業員工的價值觀念，改變人
們的行為習慣。人力資源管理做的就是人的工作，應在知識文

化的管理上多動腦筋。本書的第九章對如何做好知識時代的人力資源工作，會有進一步的闡述。

在前幾年的實踐中，人們發現由於企業在實施知識管理系統或活動時，沒有把本企業文化因素考慮進去，造成與企業文化的衝突，致使沒能得到預想的效果。企業在從事知識管理的過程中，不能只把人與知識信息簡單地聯繫在一起，而應創造一個有利於隱性知識分享的良好環境。如果員工不願意與同事們分享知識，那麼對於企業來說，他們所擁有的知識價值不大。因此，知識管理系統高效運作取決於企業文化的强力支持。

在重新鑄造企業新文化上，高層管理人員的言行具有模範效用。由於這些人在企業裡特殊的地位和身分，他們的態度和行動直接影響到企業文化的有效性，特別是當這些人的行動與企業所制定的政策相衝突的時候。所謂「上樑不正下樑歪」。如果企業期望創造一個注重知識、分享知識的氛圍，高層領導必須身體力行，在文化的建設上起模範帶頭作用。

在一些企業裡，員工之間的交談可能被看作是沒有意義，或者消極怠工的行為。其實員工間的非正式聊天是交流、互享隱性知識的最好場合。因此企業應鼓勵員工間的恰當交流。而且在辦公室的設計上也應當著眼創造一個有利於交流的物理空間，如開放式的辦公結構、專用的員工休息室和會議室等。通過把學習培訓與員工的績效評估相結合，企業應有意鼓勵員工對知識的追求，以及注重員工學習、發明、創造能力的培養，同時允許員工犯錯誤。除此之外，企業還應鼓勵員工參與企業的決策，為企業的發展出謀獻策，以培養員工們的主人翁意

識。而所有這些，歸根結柢是為了建立起員工間以及員工與企業間的信任。信任是坦誠與共的前提，有了信任的基礎，員工才會有開誠布公的知識互享，知識文化的建立才不會只停留在口頭形式上。

第九章　知識管理與知識工人

知識工人是知識時代的主人。在企業從事知識管理的活動中，人是最關鍵的因素。離開人，知識管理將無從談起。人是知識的創造者、攜帶者和供給者，也是企業價值的創造者。在企業中，知識工人通過把數據和信息轉化成知識，從而為企業創造價值。做好知識管理工作要求企業重新審視知識工人在企業中的角色。對知識工人的管理更應該超越傳統的人事管理範疇。

在這一章裡，我們關注知識時代的來臨對就業結構所造成的影響：知識工人隊伍的不斷壯大，及其在知識企業裡所扮演的新角色。同時，我們也對在新時代裡如何做好知識工人的管理工作進行探討。

第一節　以人為本

一、知識工人的概念

信息技術的飛速發展，特別是電子商務和網路技術的進一步普及，促使了社會和行業結構的變化，從而導致就業結構的變化。就業必將大規模地從傳統職業轉向與知識、信息相關的職業。

在談到全球網絡對勞動者的影響時，北京大學的蕭琛教授指出「智力」將日益取代「體力」，因此，技術成分低、信息成分低的工種將會逐步被淘汰。過去，航空公司需要聘用一班人對旅客用過的機票和旅行社的記錄進行人工的核對，以便確認旅行社給航空公司付款的正確性。現在，所有機票的檢查和核對手續都是通過電腦的自動查對系統完成，無需人工干預。又如美國的電話接線員在十一年中減少了32%的名額，從一九八三年的二十四萬四千名減少到一九九四年的十六萬五千名，而且這個數量還在繼續減少。

因此，要求有更高技術成分的新工種將不斷出現。越來越多與知識相關的新職位也將繼續出現。就像蕭琛教授所說的：「生產線上、工廠裡、銷售部門和客房服務部門，各環節的勞動者都需要知識和信息來做自己的決策。傳統的數量管理必將被質量管理所取代。這勢必對人力資源提出更高的要求」！（《全球網絡經濟》，頁39）在這樣的形勢下，知識工人隊伍的不斷壯大也就不足為怪。知識工人（knowledge worker）指的是那些在

企業單位裡主要從事腦力工作的人。史丹福大學工業工程與管理的S. R. Barley（巴里）教授對此作過統計：在一九〇〇年的美國，主要從事體力勞動（農場工人、車間工人、工匠等）或從事非專業性服務（旅店或餐館工人、送貨工人、零售業店員、清潔工人、理髮師等）的工人，占總的就業人口的83%。這個比例到二〇〇〇年已降低到41%；相反，那些主要從事與知識和信息相關工作（市場銷售、行政管理、專業服務以及技術服務等）的工人，則從一九〇〇年的占整個就業人口的17%，增加到二〇〇〇年的59%，而且這個比例還將繼續逐年增加。

知識密集型企業的增長將為社會提供大量與知識相關的工作。在這裡，知識密集型企業指的是那些聘用知識工人達到或超過員工總數百分之四十的企業。這些企業將為未來社會的就業增長提供動力。

知識時代對企業的影響不只表現在工作結構的變化上，同時也表現在工作內容的變化上。不論是傳統上的農業、工業企業，還是現代化的專業技術行業，其工作的知識內涵越來越多。隨著信息化、電腦化在工廠和辦公室裡的建立，以及數碼化機器的使用，電腦的應用知識、甚至數學知識對於工廠的運作來說十分重要。我們平時常提到的技能手藝，已經超越了傳統意義上用來形容木匠、工匠雕刻木頭或使用錘子時的靈巧手藝，而更多地用於指大腦思維上的以及在應用知識能力上的嫻熟。

對於工業企業，車間裡工作的複雜程度越來越大，工作中要求理解概念、信息和技術的成分越來越多。過去流水線的工

人需要知道怎麼焊接配件或操縱車床；現在自動流水線的工人則必須知道怎麼操作和控制機器手，工作中的知識成分無疑大大地增加了，工人們在很大程度上需要靠自己解決生產過程中出現的問題。所以，企業雇用受過良好教育的工人從事知識密集型的工作，也就不足為怪。

在二十世紀五、六〇年代之前，大型的生產性企業，如汽車製造、紡織生產公司的人事經理，根本不會去關心公司裡員工受教育的程度。而今天，大多數汽車製造商所聘用的新工人都必須具有高中以上的教育程度。

這種現象同樣發生在辦公室裡。電腦接替了辦公室裡那些機械的、重複的工作。原來的人工打字、人工畫圖製表等早已一去不復返，替之而來的是高速度、不知疲倦的電腦輔助設計、電子製表畫圖等。電子郵件系統的使用更革命性地改變了人們的溝通聯繫方式，這從企業裡最基本的文書工作就可以反映出來。電子信件的使用平均要節省祕書一天一至兩個鐘頭的時間，現在的祕書不再需要為守在打印機旁等待信件和信封的打印，也不需要為守在傳真機或複印機旁邊，或趕著上郵局發快件而浪費時間了。祕書的時間省下來了，他們的工作性質也在不知不覺中發生變化了：祕書工作的知識成分變得越來越大。這種工作性質的變化自然對祕書的工作能力有了更高的要求。現在企業招聘祕書的要求已經遠遠超出傳統祕書工作的要求，除了必須具備傳統的文祕能力外，還必須具備較好的電腦應用知識，如電子文件處理、電子畫圖製表等，以及較強的分析能力。

這些變化都反映在就業市場對人才的競爭上。市場是個無

情的法官，它只善待那些能創造價值的，沒有什麼人情可講。就業市場也一樣，如果說知識是市場價值的源泉，那麼完全可以想像得到，就業市場必然獎勵那些有頭腦的人。偶爾出現的所謂「腦體倒掛」（指受過良好教育的人比沒受過教育或低層次教育的人掙的少），只能算是反常的或者臨時的現象。那些缺乏知識技能或者是知識技能沒得到及時更新提高的人，則很可能在就業市場的競爭中處於劣勢。這體現在有知識員工和沒有知識員工的「收入不平等」待遇上。受過良好教育的人不僅容易找到工作，而且其收入也比那些沒有受過同等教育的人要來得高。這種工資收入的差別將越來越大。美國的一份調查顯示，一九九三年美國男性大學畢業生的年收入比那些高中畢業生要高出百分之八十，前這個差別已經超過百分之一百。高知識技能人員逐漸增加的高收入，說明了知識在社會工作中地位越來越重要，同時也說明知識在價值創造中的重要性。

綜上所述，知識時代的來臨導致了企業工作性質的變化，並促使知識工人隊伍的不斷壯大。與工業時代車間裡流水線的工人相比，知識工人處理的不是有形的生產材料，而是知識和信息（如程序編寫）；他們所製造出來的產品也不是有形的東西，而是知識和信息（如一套應用軟件）。所以，對於知識工人來說，知識和信息既是他們的原材料，也是他們的完工產品。

> 市場是個無情的法官，它只善待那些能創造價值的，沒有什麼人情可講。

二、知識工人在管理中的重要性

知識工人是企業知識的提供者和價值的創造者。離開人，

一個企業根本不可能存在。企業的一切價值創造活動都離不開人的參與。企業裡人力資源的問題可以影響到企業整個經濟活動的進行，影響到企業的盈利水平、生存能力、競爭能力以及適應能力。管理學之父杜拉克指出，在知識時代，知識工人是唯一寶貴的資產。金錢可能說話的分量比人大，但金錢不能思考；機器工作起來也許比人做得細、做得快，但機器本身沒有發明創造的能力。創新是企業生存之本，而創新則要靠發揮人的聰明才智。

　　人的重要性也體現在知識技術與知識系統的應用上，大多數知識技術的應用需要技術與人的互動，知識系統的建立和使用需要人的參與。這是因為人既是知識的創造者，也是知識的載體和提供者，當然更是知識系統內容的貢獻者，知識系統內容的編寫、輸入、修改和提高必須靠知識工人去完成。

　　知識工人重要性的提高自然導致知識工人角色的變化。根據衛格所言，知識工人在企業管理中的新角色是：

● 把企業的知識管理策略轉化為具體的知識活動。由於知識工人主要從事與知識相關的工作，知識活動自然成了他們日常工作不可分割的一部分。所以，知識工人必須有能力把決策層所制定的政策、策略落實到具體行動上，並確保所從事的知識活動與企業的戰略目標保持一致。

● 通過對企業知識管理工作的深刻理解改善企業的作業程序，提高工作效率。知識工人應對自己所從事的知識工作的性質、特徵和要求有深刻透徹的理解，並把這種理解應用到日常工作中。通過學習、互享、再利用和提高，為企業核心能力的形成、鞏固和發展做出貢獻。

我們經常聽到許多企業的負責人說，「人才是我們最大的資本」，以強調他們企業對員工的重視。這句對於人才重要性的描述，在進入知識時代的今天是再貼切不過了。那麼，是不是所有的企業都能做到這一點呢？怎樣才能突出人才的重要性呢？如何才能真正讓人才發揮作用呢？所有這些都是值得企業決策管理人員再三思考的問題。

我們認為發揮人才的作用不能只停留在口頭上，如果企業想提高對人才投資的效率和回報，那麼企業需要對人的行為方式和組織結構採用新的管理和評估的方法。因此，對知識工人的管理應超越傳統的人事管理的範疇。企業不僅需要吸引和招聘人才，而且需要建立一個知識互享的環境和培養注重知識的行為習慣。而如何鼓勵、刺激和獎勵那些對組織知識活動做出貢獻的員工，不僅是一件極其重要的事情，也是一件十分棘手的事情。

> 企業想提高對人才投資的效率和回報，那麼企業需要對人的行為方式和組織結構採用新的管理和評估的方法。

為了成功地做好這些工作，企業必須盡力滿足人才的需要。不然，「人才是我們最大的資本」就將只是一句空話。那麼，人才究竟需要什麼呢？儘管不同企業裡的人才需求各不相同，企業管理人員應盡量嘗試理解知識工人的觀念、動機和期望，把滿足知識工人的需求與完成企業目標結合起來，讓知識工人英雄有用武之地，並給他們的事業提供一個廣闊的發展空間。

第二節 新人力資源管理

日益壯大的知識工人隊伍促使企業從根本上改變傳統的管理思想和方式。經理們是企業資產的管家，當一個企業的主要資產從原來有形的東西轉變成現在無形的東西——智力（知識）的時候，經理們的工作性質和崗位責任也不得不隨著改變。

一、告別傳統管理方式

工作性質的改變使得知識工人的工作方式遠遠不同於傳統的機械勞力的工作方式。過去的工作方式基本上是按亞當‧史密思對工廠勞動分工的設想進行設計的：工作分工細，工序多，安排緊湊。工廠一般採用計件計分制對工人的工作表現進行衡量和獎勵，如流水線的工人一天擰多少個螺絲釘？尾部工人打了多少箱的完工產品？辦公室的文員登記了多少張的單據？等等。工廠或公司層次多，等級分明，一層盯著一層，一級報上一級。數字從車間底層報起，一級一級往上報，逐級匯報。經理們的主要工作即是所謂的POEM（即Plan、Organise、Execute、Measure）：計畫、組織、執行和衡量。

前面在講到知識管理的歷史起源時，我們提到過泰勒。泰勒是工業時代科學管理的奠基人，他一手創立的「科學管理」成了工業時代的主流管理觀念，再加上福特汽車公司首創的流水生產線，開創了工業時代的繁榮昌盛。泰勒的管理原則強調通過狹小的分工、高強度的重複工作來提高生產率。除此之外，它還呼籲管理階層在實行嚴格管理制度的同時，在生產管

理實踐中加強對知識的應用：開動腦筋，把複雜的工作簡單化，使之能被更快、更好地完成。但是，泰勒只看到管理階層的知識力量，由於時代的局限，他沒能看到蘊藏在工人大腦中巨大的創造力。企業表現的好壞只靠負責管理的少數幾個人，企業的命運自然也就掌握在這幾個人手裡。大量員工的智力資源卻得不到有效的開發和利用。

福特的流水生產線便是利用泰勒的科學管理原則來進行管理的，整個生產過程被分為眾多的工序，工人學習某種特定的技能，被指定在特定的工序上幹活，並在重複勞動中提高工作的熟練程度。福特式流水生產線的核心目的是實現規模生產、降低生產成本。這在過去生產力發展水平低、市場貨源少的情況下較為適合。但是，這種作業方式已明顯不適合知識時代的要求，它既不能體現生產的靈活性，也不能突出產品中知識價值的不斷提高，更無法滿足日益個性化的消費需求。

這種管理觀念和方式的滯後嚴重地阻礙了企業的發展，也有礙於企業開展和實施知識管理活動。所以，當今企業的管理者有必要對原來習以為常、見慣不怪的一整套管理方式和作法進行反思。可以毫不誇張地說，該是行動的時候！不進則退！你的競爭者不會坐等你一起行動！

二、啓發新的管理方式

由於知識工作的專業性强，對專業工作的衡量應以結果為主而不以工作本身為主，也就是說以質為主而不是以量為主。例如，對於一個電腦程式編寫員的評估衡量不是看他所編寫程式的長短、步驟的多少。而是看程式的運作是否高效？所編出

程式的用者介面是否友好？是否達到原先設計的目的？對於程式編寫員來說，他不需要有個上司站在他背後告訴他怎麼進行編程。在國外，程式編寫員在編程前都會直接與客戶交談，了解客戶對軟件的需求，獲取第一手的材料。因此，這些編程人員是根據客戶對軟件設計的要求來安排和計畫自己的工作進度的。他們工作的最終目的不是讓上司老闆滿意，而是讓客戶滿意。這是知識工作的一個最主要特徵：感受、建立和發展內外部關係。這同時也說明了原先適應於工業時代的傳統等級官僚體制，已遠遠不能滿足做好知識工作的要求。

在這種新形勢下，企業需要新的組織形式和管理方法去回應正在改變的工作性質和工作方式，去回應不斷增長的知識挑戰。「當企業雇用越來越多的專業人員，當專業人員擁有大量的專長，當新技術創造許多需要深奧知識的工作時，專業的知識和技能變得各自為政。企業看起來更像個不同專業的聯合體，而不是一個光滑的權力金字塔……當那些掌握權力的人不能理解他們下屬的工作時，原先用於協作的指揮鏈應該停止運作」（美國史丹福大學巴里教授語）。

這種從標準化的大規模生產到專業化的知識工作轉移的趨勢，使得原先軍隊式的指揮和控制（command-and-control）的管理模式失去了作用。對於專業工作來說，知識工人知道的很可能要比他的上司知道的多得多，這也正是企業聘請知識工人的原因。這給經理們的管理能力提供新的挑戰：經理們既需要具備管理已知的能力，同時也需要具備管理未知的能力。在完成專業工作時，知識工人需要

經理們既需要具備管理已知的能力，同時也需要具備管理未知的能力。

自己做很多POEM的工作，這樣許多原來屬於中層經理人員的職權都下放給知識工人。這是現代知識型企業裡中層經理人員的數量迅速減少的主要原因。

如果經理不再指揮和控制的話：告訴下屬們做什麼、怎麼做或者蒐集、轉移和處理信息，那麼經理們幹什麼呢？有一點可以比較肯定地說，高層管理人必須能夠高瞻遠矚，因為他們肩負著制定企業發展目標、指引企業向設定方向前進的重任。當經理們不再注重具體的管理工作的時候，卓越的領導能力必不可少。

三、知識工人須具備「軟」「硬」能力

不同層次的知識工人應該具備有「硬」跟「軟」兩方面的能力。「硬」的能力主要指知識工人的智商（IQ）水平。這裡包括系統化的知識、技術性技能和專業經驗等。「軟」的能力主要指知識工人的情商（EQ）水準。其中包括對知識的文化、政治方面的敏感程度、處理人際關係的能力以及個性等。每一個人不一定非得（也不可能）都是樣樣具備的全能手。但在「硬」「軟」兩方面的平衡發展對，於做好知識管理工作還是相當重要。

一些公司從原先的生產線或職能部門選拔知識管理工人。例如在Ernst & Young國際諮詢公司，原先擔當某一行業或某一領域管理顧問的員工，也同時負責編輯和維護公司裡有關該行業或領域的電子知識庫。這些員工輪換交替角色。每人至少有一到兩年的時間從事專業知識的管理工作。這樣的安排使他們即使缺乏足夠的專業知識構造和寫作能力，也能有機會熟悉他

所從事諮詢工作的知識管理。

有些企業則對原先的一些從事與知識相關工作的部門進行重新的調整改造，如把原先企業裡的信息部或資料檔案部門改成知識管理部，把原先的資料管理員提拔為知識管理員等。例如Ernst & Young把原先下屬的諮詢子公司的資料檔案館（Library）改成「企業知識中心」，並給這個新成立的中心賦予新的職能。原來的資料管理員只是負責蒐集材料，並且根據要求提供已存檔的、用者需要的信息。現在作為知識管理員，他們的一個職責是鼓勵用者通過自己搜尋電子知識庫獲取想找的東西。他們另外一個重要的職責是為企業提供知識圖繪服務。知識圖繪相當於海員航行時的導航圖，它能夠幫助企業通過現有的知識來源尋找和發展客戶。這些知識管理員也同時負責給企業其他員工提供如何利用企業內外部知識資源的指導。

四、知識工人的技能類別和管理對策

前面一節我們給知識工人下了定義，也討論了知識工人在企業中日趨重要的特殊地位。那麼，在企業中是不是所有的知識工人都具有同等的地位？企業是不是應該對所有的知識工人都一視同仁？如果不是，企業又如何去區別和管理呢？

由於不同類型的知識工作在企業經營管理中的地位不同，它們對知識工人的技能需求也不同，因此從事不同類型知識工作的員工在企業中所起的作用必然相異。斯提沃特把知識工人的技能分為如下三種主要類型：

● **普通技能**：指那些對所有行業都適應的一般技能。如打字、使用電腦、較好的溝通能力和寫作能力等，都屬於普通技

能，每個行業或專業都或多或少需要這樣的技能。

- **槓桿技能**：指那些比普通技能更有價值，但不為某一具體企業所獨有的知識。這樣的知識雖然不屬於某一具體企業的專有知識，但它們具有行業傾向。也就是說，槓桿技能在某一專業行業的應用，能創造出比它在其他行業企業的應用更高的價值。例如，編寫電腦程式是技術諮詢行業企業（如IBM諮詢公司）的槓桿技能。諮詢行業企業能夠利用這種技能為許多不同的客戶、不同的企業服務。這種應用與某一企業內部編程員所擁有的編程技能的應用不同。企業內部編程人員的編程技能只能為該企業所使用。

- **特有技能**：這是為某一企業所特有，企業憑之以立足、發展的知識技能，這是一個企業裡最寶貴的知識財富。這些特有技能經過強化和發展，可以形成一個企業的核心能力。核心能力是企業獨有、能為企業及其客戶創造價值、並使企業在競爭中保持持久優勢的一種能力。它是一個企業最強有力的競爭武器，是一個企業區別於其他企業的主要標誌。例如，微軟是窗口式應用軟件的主要開發商；豐田是轎車的主要製造商；英特爾是電腦芯片的主要開發製造商等。這些特有技能是一個組織無形的財富，它們的發揮、發展是一個企業常勝不敗的關鍵。

企業的四類型員工

　　企業裡的員工可能擁有上述不同形式的技能或技能組合。企業目標的完成離不開這三種技能在經營管理中的應用。毫無疑問，那些具有特有技能的員工是一個企業最寶貴的資產。根

據上述技能的分類，斯提沃特把企業裡的職工歸納為四種類型：

1. **容易替代的、具有普通技能的工作人員**：由於這些人所從事的工作技術性不強，這些工作只能為企業創造很低的附加價值，所以這些人的去留不會對企業的經營管理造成什麼影響。他們的位置容易被替代，企業可以在人力市場上找到許多合格的替代人員，在職培訓的時間也短。

    一般說來，聰明的企業不會把錢花在這第一類人員身上，這一類的低技能工作既不能增加價值，又容易被替代。企業應盡可能地把這一類工作自動化，減少對這類人員的需求，以便提高工作效率和減少人工成本。

2. **難以替代的、具有槓桿技能的技術或專業人員**：這些人掌握一些複雜的技能，但他們不能為企業創造很高的附加價值，例如工廠車間裡的技術工人、經驗豐富的祕書、質量檢查人員和審計統計人員等，都屬於這方面的人。他們從事比較重要的工作，而且由於他們在某方面所掌握的經驗知識，他們的位置可能不容易被替代。但在本質上他們不能直接創造價值，他們的工作不是直接為企業的客戶提供服務。

    對於這類人員的管理需要講究點技巧。這些人雖然不能提供高價值的服務，但又缺之不可。因此，企業可以對這一類的工作提出新的要求，改變工作職能，使這些工作變得更有信息價值。例如，美國奇異公司轉變公司內部的審計職能，把原來的內部審計人員變成內部管理顧問，而不僅僅是檢查人員。這些審計人員大都具有財務背景，在平時的審計工作中積累大量的經驗，對怎麼做好企業不同層次的管理工

作能提出不少真知灼見。這種工作職能的轉變擴充了傳統審計的功能，使得內部審計人員為企業創造更多的價值。「過去，我到下面部門進行審計的第一件事，是點數存放在保險櫃裡的五千美元。現在，我們清點價值五百萬美元的存貨，尋找減低存貨和提高生產效率的途徑」（前奇異審計部主管樂格蘭語）。

3. **容易替代的、具有槓桿技能的技術或專業人員**：這些人掌握複雜的知識技能，而且能為企業創造較高的附加價值，但由於他們的工作性質，他們的位置較容易被替代。例如，企業裡的軟件編程員、信息處理或產品設計人員等。這些人能為企業的產品服務提供較高的附加價值，但同時企業也能夠在人力市場中較容易地找到現成的替代者。

對於第三類工作，目前西方企業比較流行的作法是使用承包制——即利用外部公司提供的專業服務。根據調查，美國五分之二的公司使用外部運輸服務，而超過三分之一的公司使用由專業公司提供的信息技術、系統服務。使用外部資源的好處是企業在不需要把錢投在不是企業特有技能上的同時，還可以集中有限精力，發揮、發展企業的特有知識技能。例如，美國的電子數據系統公司是一個給客戶提供信息系統管理的專業公司，在相關信息技術方面的特長是這些公司取得市場競爭優勢的基礎，因此，在這方面的任何投資都是值得的。相反，對於他們的客戶——全錄（Xerox）公司來說，它不可能、也沒必要像電子數據系統公司一樣，把錢花在多種信息技術上。施樂的專業特長是生產影像和複印機，故此先進的影像和複印技術是施樂的特有技能，這應該是施

樂投資的重點。在任何其他信息技術上所花的錢對於施樂來說都是一筆費用，不只分散資金，減低資金使用率，而且可能分散企業精力，不利於特有技能的發揮、發展。在競爭激烈的市場環境中，一間公司必須善用手頭有限的資金，把有限的資金用在點子上，用在優勢上，用在能夠掙錢的地方。

對於上述的第三類工作，企業還可以採用「差別化」策略，即是把那些比較普通的知識技能轉變成本企業獨特的，或能以一種特別方式加以發揮的特長。這是企業把自己與競爭者「區別」開來的一種有效途徑。例如，在今天，怎樣製造桌面電腦已不再是個商業機密，也不再是某些公司的特有技能。IBM、康柏、新力、日立、三星、聯想等各種國際和國內牌子的電腦產品充斥市場，很多電腦愛好者甚至能夠自己組裝適合自身需要的電腦。但這不等於說電腦製造行業裡已經沒有特有技能可供發揮。以英特爾為例，它把自己定位為生產電腦主要部件——微處理芯片的專家，怎樣設計和生產超一流的微處理芯片成了英特爾的特有技能。它所設計、生產的奔騰系列微處理器廣受電腦消費者的歡迎，許多人在購買電腦時，都指定要買裝有奔騰微處理器的電腦產品。這是把普通技能成功地轉變為公司特有技能的一個成功範例。

4. **難以替代的、具有特有技能的技術或專業人員**：這些人具備企業所需的特有技能，在經營管理中扮演著重要的、難以被替代的角色。這些人當中的一部分可能在企業裡擔任較高的職位，其他的則不是。他們可以是開發研究部的成員、經驗豐富的銷售代表，也可以是項目經理或市場營銷骨幹。這些人掌握著企業市場、客戶和產品的重要知識，是企業利潤的直

接創造者，是企業發展壯大的基石。故此，他們的位置難以替代。實際上，他們的技能是企業的重要資產，應當得到精心的關心和培養。例如，對於電腦公司來說，培養一個合格的工程師至少需要兩年的在職培訓時間，可見特有技能的培養既需要金錢的投入，也需要時間的投入，是一筆昂貴的投資。

　　這類人員是企業的精英分子，是企業的寶貴財產。正是由於他們的才能和經驗，顧客只光顧這個企業而不光顧別的。如果一個企業裡那些由難以替代人員所從事的高附加價值的工作越多，這樣的企業的產品服務定價越高，而且越能禁得起競爭的考驗。

五、新時期的人力資源管理

　　企業管理重心的轉移、知識工人工作性質的轉變和知識技術在企業中的應用，都對人力資源的管理提出新的要求、新的挑戰。「人力資源管理強調將員工作為一種具有潛能的資源，強調對組織人員的激勵與發展；同時，人力資源也不只是將對人員的管理作為企業管理中的一個單一職能，而是重視有效的人力資源管理對整個組織營運活動的支持和配合作用」（《人力資源管理教程》，張一馳編著，北京大學出版社）。由於企業各個層次工作複雜性及其知識成分的不斷增加，做好人力資源的管理工作自然需要大量的專業知識和技能。新環境的變化，如全球化競爭的加劇，要求人力資源管理不僅需要了解企業所面臨的新的競爭環境，掌握新的管理觀念、方法和技術，而且更需要把握企業未來經營管理對知識技能的需求，為企業的發展

提供長期的、策略性的人才準備。

　　因此，新時期人力資源管理除了應做好傳統的員工聘用、選拔、培訓和績效評估外，還應注重下面幾個方面的工作：（1）為企業的戰略發展目標服務；（2）創造一個支持知識管理的良好環境；以及（3）建立一個有效的獎勵機制，以鼓勵知識共享。

1. **人力資源管理應為企業的戰略發展目標服務**。企業的人力資源策略應該成為總發展戰略的一個組成部分，為企業發展策略的形成和制定提供服務。首先，人力資源管理能夠對策略的形成階段——特別是在對外部環境因素的考察分析上提供幫助，通過對人口統計資料和政府相關法規、政策的分析，預測就業人口的中、長期發展趨勢。例如，人口老年化及其對員工招聘所帶來的潛在影響；就業人口的流動趨向；就業人口教育趨向的變化等，都可能影響到企業的用人策略。因此，確定就業市場變化對企業未來戰略目標實現的影響幅度，對於制定行之有效的發展策略尤其重要。

　　而且，人力資源管理還必須對企業現有和潛在的知識技能，以及對現有知識技能和未來發展對知識技能的需求，有個全面的了解。一方面，通過對企業知識技能的定期審計，人力資源管理可以及時、全面地掌握企業知識技能的發展變化情況。另一方面，通過對企業目前所擁有的知識技能和中、長期發展所需的知識技能作比較分析，人力資源部門可以保障員工的招聘、培訓和成長與企業的戰略計畫保持一致。

　　最後，在企業的合併收購上，人力資源管理應該發揮積

極的作用。前文提到許多企業間的合併收購並沒有達到預想的效果，一個重要原因是公司的決策者在決定是否合併收購時，只是純粹從財務角度出發，而忽視了企業間知識技能的匹配和企業文化間的差異。在企業文化間的分析上，人力資源管理可以有所作為，人事經理應能從企業文化的角度對合併收購的潛在人力成本進行正確的評估，為是否實施合併收購提供決策諮詢。

2. **創造一個支持知識管理的良好環境。**這是個企業文化建設的問題。人力資源管理在企業文化更新設計和實施過程中，扮演著極其重要的角色。這是因為文化的設計必須以企業的使命為出發點，與企業的戰略目標保持一致。而人力資源管理的一個作用，是把企業的使命、目標和策略轉變成能為廣大員工理解、帶有鼓動性和象徵性的語言文字。

　　再者，在建立一個注重知識的文化氛圍的過程中，人力資源管理必須在企業內部建立起一個高效的雙向交流體制。雖然文化轉變可以被預先計畫，但新文化的最終形成不是單靠口頭的宣傳或單向的溝通，而必須建立在行動的基礎上，建立在大家共享的基礎上。通過讓員工積極參與新的文化，促使注重知識、分享知識的新觀念在員工中的形成和普及。當然，這個過程離不開人力資源管理的參與。人力資源管理能做的工作很多：幫助各個層次員工對原有價值觀念進行評估；加強員工對知識共享價值的理解認識；以及建立一個高效的交流體制，使得新的文化能給整個企業帶來積極的影響。

3. **建立一個有效的獎勵機制，以鼓勵知識共享。**由於與個體的自我

和職業緊密相關，知識不大容易在不同的職位和部門間自由流動。所以，員工創造、分享和使用知識的動機至關重要。如何鼓勵、激發員工創造與分享知識，自然也就成為人力資源管理的一個主要課題。獎勵的手段可以不拘一格，不論是物質上的或精神上的，獎勵的東西必須切合實際、適合需求。例如，一個專家系統（expert system）的經理決定提供電腦滑鼠墊作為員工給系統寫上個人資料的獎勵。結果發現反應並不是很熱烈，經調查後才發現，大多數目標員工使用的是不帶滑鼠的手提電腦，滑鼠墊對於他們來說並沒有吸引力。

另一個有效的方法是把員工對知識的貢獻作為年終績效評估的一個考核指標，把員工表現與年終的獎金、分紅掛鈎。這種方法被許多跨國諮詢公司廣為採用。如KPMG公司就是這樣給他們的管理顧問作表現評估的，把他們對知識庫和溝通聯繫網絡的知識貢獻作為表現評估的一部分。

為了更好地激勵員工，企業必須了解員工的需求、他們的文化背景和行為方式。這要求企業的人事經理對本國的文化傳統有較深入的理解。中國人的社會與西方社會有著截然不同的文化和行為習慣，這些都反映在員工的思考行為方式上。因此，國內企業在借鑒外國的管理方式時，必須照顧到本國家、本企業的傳統文化和習慣。在怎樣激勵中國人上，也許金錢（如獎金、分紅）、榮譽（如優秀職工、技術能手）和地位（如職務提升）仍不失為比較有效的途徑。

個案實例：美國鋼鐵廠轉型知識企業

下面以美國查普拉鋼鐵廠如何成為知識型公司的例子結束本篇：

美國的查普拉鋼鐵廠是一個十分成功的製鋼廠，一般人很難把鋼鐵行業與知識型公司畫上等號，但查普拉卻成為眾多企業學習知識管理的一個模範。

對於查普拉鋼鐵廠，每個工人都是知識工人。為了更好地了解客戶的需要，查普拉工廠的車間工人拜訪顧客、參加行業研討會、進行產品的實驗、試驗，以及實行技術革新等，工廠上下每個人都為企業發展出謀獻策，甚至連工廠的保安人員也利用空餘時間，閱讀有關鋼鐵製造的書刊。查普拉鋼鐵廠認為在知識工作領域裡沒有高貴卑賤之分，每個人都是自己知識的主人，每個人都能夠為工廠的管理工作出一份力。

能創造出這樣一個知識自由流動的環境，可以想像查普拉鋼鐵廠得有怎麼樣的企業文化和組織結構。在查普拉鋼鐵廠，看不到傳統企業那種等級分明的制度模式，它的企業結構「既扁又平」，管理層次特別少。工廠對生產線的新工人實行一個獨特的學徒期培訓制度，這個制度包括組織工人在教室裡進行集中式的強化學習，和讓工人直接參加車間裡的在職培訓。工廠錄取、提拔人員強調的是對員工能力和學習態度的挑選。工廠沒有規定硬性的上班時間，但員工的生產積極性高昂。工廠還實行利潤分成制度，大家有福同享、有難同當，全廠上下團結一致，員工有當家作主的感覺。這樣的一種文化和組織結構明顯地鼓勵員工們去獲取和共享知識。

第十章 知識管理與知識技術

知識技術是近幾年來比較新的一個名詞。實際上二、三十年前科學家已開始對這方面的技術進行探索研究。正如前文提到的,一個時代的發展總是與技術的發展、進步緊密相連。知識時代也不例外。知識技術在知識管理的發展過程中始終扮演著重要的角色。例如,網站技術的使用對知識管理的發展就起了很大的促進作用。概括地說,知識技術是推動知識管理發展的一個動力。

這一章對目前在企業裡常見的知識技術作一簡要介紹。必須強調的是,這些技術在管理中的應用應與知識管理中的其他因素結合起來,共同創造一個富有動感、充滿活力的知識環境。

第一節　知識技術簡介

　　就像信息技術不等於信息管理一樣，知識技術不是知識管理的全部。雖然知識管理的內涵要比知識技術大得多，知識技術是知識管理的一個必不可少的組成部分。知識技術給知識管理所帶來的最大益處，是它延伸了人獲取知識的能力和提高知識轉移的速度。知識技術使得個體知識及集體知識能夠被抽取並記錄下來，轉變成組織知識，供企業內部的其他人員或外部的合作夥伴使用。知識技術也可以幫助人們對現有知識進行編撰總結，甚至能對新知識產生催化作用。

　　知識技術的概念包含甚廣，所以很難給知識技術下個準確的定義。大體說來，知識技術可以分為兩大類：一類用於處理顯性知識。上文提過，顯性知識一般以信息的形式出現，所以許多用於處理信息的技術都可以用在顯性知識的處理上。這一類技術主要用於幫助記錄、儲存、轉移和傳播顯性知識。採用這些技術的目的，是把存在人腦裡的或檔案資料中的有用知識找出來，供需要的時候使用。另一類用於處理隱性知識，主要用在隱性知識的分享和轉移上。例如，通過互聯網的電視會議（video conferencing）、遠程教學或遠程會診等，打破空間的限制，使得遠在地球另一端的專家能夠參與並幫助解決問題。大家在一個虛擬空間裡能夠互相交談，彼此還能看到對方的手勢、表情等，一起對問題進行分析、研究，共同解決所碰到的問題。在這個互相交談、研究的過程中，隱性知識與顯性知識互相碰撞，互相轉化，而靈感的火花也在這碰撞的過程中產

生。所以這一類技術能很有效地幫助人們把隱性知識從一個人轉移到另一個人身上。

　　與信息技術不大一樣，知識技術既能用於與數字相關的處理，也能用於與文字有關的處理，如詞組、句子、段落甚至故事情節等。信息處理技術可以在不用人干預的情況下，對大量數據進行高度的運算處理。知識技術卻需要用者的參與，需要電腦和人之間的互相作用，所以人的因素是知識技術使用中不可或缺的重要部分。人在知識技術中的不同角色，同時也是區分不同種類知識技術的一個主要因素。有些技術要求知識使用者的集體參與；有些則只在少數幾個人的範圍內使用。

　　另外一個在使用知識技術應當考慮的因素是使用者的知識水平，有些知識技術要求使用該技術的人必須具備專業化的知識；有些則對使用者的知識水平要求不高，而只需要使用者的積極參與即可。

　　下一節我們將對目前企業管理中應用較廣的一些知識技術逐一介紹。在這裡需要再三強調的是，知識技術只是知識管理的一個組成部分，並不是知識管理的全部。不採用知識技術，企業也能開展一些與知識管理相關的活動。就是採用了先進的知識技術，也並不能保證高效知識管理的順利實現。如果企業不在文化上、組織上和行為方式上做相應的調整變動，再好的知識技術也很難讓企業實現其預想的目標。有些企業以為一旦裝上最先進的知識管理技術，那麼企業就可以高枕無憂，一勞永逸地享受知識管理所帶來的種種好處。實際上，技術本身並不能改變企業固有的許多弊病，它不能使一個專家在一個缺乏信任的環境中主動地與他人分享知識，它也不能使一個懶惰的

人變得好學起來。所以，知識技術的應用必須與企業裡其他方面的變化結合起來，讓知識技術真正地實現其所能，為企業帶來最大利益。在一個鼓勵知識分享和創新的環境下，在一個支持和強化知識合理流動的組織結構裡，當企業上下員工具備追求知識的熱情和能力時，知識技術才能夠最大限度地發揮其效益，甚至能給企業文化帶來積極的影響。

第二節　知識技術的應用

　　知識技術在企業管理中有著廣泛的應用，它們能夠幫助企業達到管理知識的目的。這些知識技術多數是在八、九〇年代專家系統和人工智能的研究基礎上，結合稍後的網路技術發展起來的。它們在知識處理、知識儲存、知識轉移和提高人的知識獲取能力方面起著重要的作用。目前在企業中使用較廣的有下面幾種：內部網（intranet）、外部網（extranet）、互聯網、電子郵件、集體協作（groupware）、數據採勘（data mining），和知識倉儲（knowledge repositories）等。相信大多數人對互聯網和電子郵件的概念比較熟悉，但像集體協作或者數據採勘技術等則是比較新的技術詞彙，對它們的用途可能並不是很了解。下面我們分別對這些技術的特點和用途逐一作簡單的介紹。在接下來的知識系統管理一章裡，我們將對這些技術和其他相關知識技術在知識系統中的應用，作比較詳細的敘述。

一、互聯網、內部網、外部網

　　互聯網是一個連接成千上萬商業機構、政府部門和學術、研究機構以及個人的全球電子網路系統。它是一種技術工具，也是一種文化工具。互聯網技術是從一九六九年在美國首次使用的先進研究項目媒介網路（APRANET：Advanced Research Projects Agency Network，美國國防部贊助的一個研究項目）的基礎上發展起來的。後來為一些大學、政府部門和研究機構所採用。它最大的特點是它使用標準化規範（standard protocols）語言，從而允許網路間直接的溝通「對話」。現在的互聯網已經走進平常百姓家，為全球上千萬的人提供一系列的服務，包括電子郵件、網上的集體討論、即時訊息傳遞、網頁出版、購物、銀行的開戶和轉帳業務等。許多消費者利用互聯網獲取有關企業產品、服務的信息；許多企業都建有自己的網站，利用互聯網與客戶建立聯繫和銷售產品。一句話，互聯網的廣泛使用為企業界開創了許多前所未有的商業機會。

　　基於互聯網的迅速發展，許多企業紛紛採用互聯網技術重建企業信息處理系統，越來越多的企業正通過建立內部網來代替以前的主機系統。內部網是採用互聯網技術建成的，只在企業範圍內使用的內部網路。它在許多方面與互聯網相似，可以用來存儲、傳遞和分享知識。一個典型的內部網具有電子郵件、新聞發布、資料傳遞和其他一些與互聯網相似的功能。這些功能一般只為內部員工所使用，外界的人只能用上其中的一部分。例如，企業員工能夠讀到的登在內部網上的文件，外部的讀者未必能讀得到。內部網可以跟互聯網相接，也可以單獨

存在。如果內部網跟互聯網相接，為了防止「駭客」的非法侵入和保護重要的內部資料，企業一般要建立一些諸如防火牆（firewall）之類的防護措施。

外部網可以看作是內部網的延伸。它是企業與其客戶、合作夥伴間的一個專用網路。這是一個典型的電子商務網路系統——企業與它們的客戶、合作夥伴可以通過這個電子網路進行交易。過去，多數企業與其客戶、供應商採用電子數據交換（EDI: Electronic Data Interchange）系統進行一系列的貿易活動，如下訂單、開發票和支付帳款等。由於電子數據交換系統的建立和維持費用都比較昂貴，故此沒能得到普及。現在有了互聯網、內部網和外部網，企業間的數據交換方式進入了一個新的時代（請參考下一章的知識管理系統）。

二、電子郵件系統

發送與查閱電子郵件已經成了許多人工作生活的一部分。通過電子郵件系統，人們可以把信件從一個電腦發到另一個電腦。可能不同系統的設計和用者介面各不相同，但基本概念是一樣的。每一個用者設有一個郵箱，用於儲存訊息，用者把訊息從自己的郵箱裡發出後，信件通過網路會被自動送到接收者的郵箱裡，對方則可以在任何時候查閱信件。一般的文字文件、圖片、多媒體文件和其他形式的文件都可以被附帶傳送，從而給信息和知識的分享提供了許多方便。

除了電子郵件，人們還可以使用電訊通訊進行聯繫。電訊通訊是在電子郵件的基礎上發展而來的，它允許兩個以上的人，不論他們在地球上的哪個角落，在網上進行會談，而且這

種會談可以是同步的。網上聊天室其實就是一種公眾同步電訊通信。這一類的網上通訊工具，特別是電子郵件，正逐漸取代傳統的書信、電話和備忘錄，以及減少不必要的面對面會議，使企業更加富有效率。例如，本書的出版工作基本上是筆者與出版社的編輯通過電子郵件聯繫完成。有的人更預測網路通訊將成為未來的主要通訊方式。這種預測也許為時過早，但網路通訊確有它的獨到之處，具體表現在如下幾個方面：

1.網路通訊的優勢

- **方便快捷**：利用互聯網通訊，通訊人可以在辦公室、家裡或旅途中，隨時與客戶和公司裡的同事互相聯繫、傳遞各種各樣的資料數據。而這種訊息的傳送只需幾分鐘的時間。通訊人不會受到傳統電話的占線、沒人接或留言的干擾，他們可以在任何時間在地球的任何一個角落發送和查閱電子郵件。時間和空間的差別在網路世界裡大大地被縮小了。

- **多人參與和分享**：用過電子郵件的讀者朋友都知道：把一個郵件發送給好幾個人跟發給一個人一樣的方便。現在多數的電子郵件系統都能夠讓用者命名通訊小組的聯繫名冊，如「銷售部」或「某產品組人員」，這樣發到「銷售部」這個名上的郵件，都會自動地送到銷售部裡每個員工的郵箱裡。許多企業正是利用電子郵件的這個功能進行部門內部以及部門間的協作活動。

- **訊息易於編排處理**：電子郵件以及它附帶的文件都是數字化的數據，編排處理時不需要重新鍵入，也不需要多費紙張。文件內容可以被重新編排或增刪，修改後的訊息可以被儲存起

來，或發送給相關人員做進一步的審閱校正等。

● **小組決策時有助於深思熟慮**：虛擬的決策會議室允許參與者有時間在發言前，對所討論的問題進行深入思考。新信息能夠迅速傳送給所有與會人員。許多疑問、問題可以通過電子郵件或虛擬會議被澄清和解決，從而減少不必要的面對面會議。還有，在虛擬空間裡，會議傾向於非正式、短時間，與會者就事論事、直入要點，因此能節省會議時間。

　　當然，就像任何一種新技術，網路通訊在給人們提供許多方便的同時，也帶來一些新的問題。任何一個使用網路通訊的個人和企業應意識到這些問題所帶來的潛在風險。由互聯網所帶來的問題主要突出在下面幾點：

2.網絡通訊的風險

● **網絡通訊受制於電腦網路故障、人為失誤和安全問題**。在西方有個笑話：人的一生中無可避免的三件事情是：死亡、納稅和電腦故障，可見電腦故障之頻繁。系統故障會給那些依靠網路通訊的企業造成極大的內部或與外界的通信困難。一九九六年美國線上（American Online）的一次系統故障，使得其六百萬用戶長達十九個小時無法使用電子郵件。除了見慣不怪的電腦故障外，伴隨著網路通訊而來的電腦病毒、「駭客」侵入，也給企業數據系統帶來潛在的安全威脅和經濟損失。

● **網絡通訊缺乏面對面溝通中的「人性」成分**。當年貝爾發明電話機的時候，很多人不以為然。剛開始商人在談生意時不願意使用電話機，因為他們覺得使用電話機看不到對方的表情，不利於溝通。這故事現在聽起來有點可笑，但其內在意

義值得深思。人是群居動物，需要與其他人進行面對面的溝通交流。人在進行交流時，相當一部分的訊息是通過身體語言，如眼神、手勢和動作來傳遞的。目前的電子郵件基本上是書信形式——也就是說，只有文字。閱讀電子信件的時候，既聽不到對方的聲音，也看不到對方的表情。信件所傳送的訊息很可能會由於用詞不準確而造成誤解。

● **電子郵件可能氾濫成災。**電子郵件過多自然增加人們的信息負擔。現在在許多企業裡，發送、查閱電子郵件已經成了員工工作的一個組成部分。一天收到幾十、甚至上百個信件不算是新鮮事。就像前面提到的，這些信件中有相當一部分是過時的或者無關緊要的信息。但人們每天光花在閱讀、刪除或轉移這些信件就需要好幾個小時。郵件過多反而會帶來工作效率的下降。

　　儘管網路通訊可能引起這些負面作用，根據專家們的預測，它還是將不可避免地成為企業、機構和學校的主要通訊方式和通訊渠道。

三、集體協作

　　「集體協作」（groupware）技術，顧名思義，專門用於項目小組的協作。這裡所說的項目小組可以是一個委員會、一個產品設計小組、公司董事局或其他任何要求兩個人以上參與的項目。在結構一章裡我們已經講到，這種團隊合作形式對企業或參與者來說有諸多好處，為許多企業所廣泛使用。對於這些要求多人參與的合作項目（如一個集體寫作項目或一場促銷活動等），電腦網路能為資料的分享提供方便。但是，對於一份被修

改過、存放回數據庫裡的文件，很多時候一起工作的小組成員不容易弄清楚它被誰修改了，改了哪些地方。在這方面，「集體協作」軟件能發揮其用途。特別對於那些小組成員分散在不同地方的合作項目，效果更佳。它可以允許小組裡的成員在同一時間內分享數據庫、使用（閱讀、書寫或修改）同一組數據或同一份文件。它還可以保持小組成員對文件的修改記錄，並且保證所有的建議都反映在最後的主要文件裡。

　　一般說來，這種「集體協作」技術包括小組成員工作計畫表、項目管理軟件、數據庫管理系統和用於修改文本和圖表的軟件，如最普遍使用的微軟的文本書寫軟件。現在在市面上多數的「集體協作」軟件使用互聯網規範標準（典型的軟件有蓮花筆記〔Lotus Notes〕，蓮花筆記還可以用於知識倉儲，請參考下文），這樣小組成員可以利用網頁瀏覽器，和其他的互聯網軟件相互傳遞和分享資訊。而且，這類「集體協作」軟件的許多功能，如電子郵件、資訊公布欄和備忘錄等，都可以在互聯網、企業的內部網和外部網上使用。總之，網路通訊大大增強了企業集體協作的能力，它使得集體協作超越了時間和空間的局限，是集體協作新時代的開端。

四、數據採勘

　　數據採勘技術（data mining），這個從礦產業中借用過來的名詞，極恰當地描述這種技術的作用。數據採勘的過程猶如在金礦中淘金。前面提到企業在經營管理過程中，不斷地產生和積累各種各樣的數據和信息，對於那些管理信息化的企業，這些數據和信息多儲存於企業的電子數據庫裡。有些企業意識到

它們應該更好地利用和開發數據庫，因為那些積累下來的數據、信息裡可能隱藏著「金礦」。數據採勘正是企業從其數據庫裡「淘金」的有效工具。

數據採勘技術能夠從大量的數據中挖掘出知識。它利用統計學方法和人工智能技術，致力於從浩瀚紛亂的數據中，發現有價值的關係或者帶有規律性的東西。如前文的克拉夫特食品公司所安裝的「微促銷」系統，就是利用了數據採勘技術。它可以對蒐集到的大量數據進行分析，以便發現某些顧客在一個月裡的某一段時間購買了哪些產品，這樣公司可以對產品和生產計畫做出調整；通過數據採勘，他們還能夠發現男女顧客不同的購買行為或習慣，這樣公司可以對不同性別的顧客設計出不同的促銷活動。

五、知識倉儲

知識倉儲技術（knowledge repositories）通常把顯性知識以文獻的形式加以分類儲存，其道理如同圖書館藏書。圖書館在蒐集到各種各樣的書本、雜誌、報刊和錄音錄像帶後，都是按照一定的圖書分類系統給以編碼上架。這樣圖書管理員或讀者如果熟悉分類系統的指示，可以較快地找到他或她想要找的數據資料。現在不同的只是實際的圖書館被虛擬（或電子）的圖書館所代替；而文獻資料則儲存在電腦裡或者網路的服務器裡。圖書管理員或讀者只須坐在電腦前敲敲鍵盤，泡上一杯熱茶，而讓搜索引擎代勞。其實這種形式的電腦資料庫已經有二、三十年的歷史。近年來它與網路技術的聯結使得這種倉儲技術更上層樓，使知識庫的建立更具有靈活性。少數企業於是

借助於網路技術所提供的方便，利用互聯網供應商提供的線上服務設立自己的知識庫。如美國著名的伯克曼實驗室，就建有這樣的知識庫，儲存關於顧客、產品和競爭者的有關文獻。這樣做可以使企業避開網路管理方面的技術問題，而把精力集中在知識庫的內容建設上。

其實，廣義上說，前面所介紹的互聯網是一個包含極廣、且日益膨脹的知識庫，它能給個人或企業提供幾乎是無窮無盡的外部知識。因為互聯網把世界範圍內千千萬萬個網站的資料數據庫連接到一起，打破了知識分布的不均勻性，使得知識能在整個網路裡自由流動。所以從互聯網上得到知識基本上沒有地域或國界之分。網站所採用的「聯結文本」（hypertext）把各種各樣相關的文件資料鏈接在一起。這種鏈接的好處，一是方便獲取相關知識，二是被鏈接的文件資料可以放在任何地方，但卻可以在任何需要的時候被調用出來。但使用互聯網查找資料的一個不足之處，是用者很難準確地從互聯網上找到想要找的東西。任何一個上過網找過資料的人都可能有過類似的體驗，當使用互聯網進行搜索時，得到的結果大都是無價值的、不相關的東西，有時花上半天時間也沒找到什麼有價值的資料。這種狀況正在改變，隨著搜尋引擎技術的不斷進步，互聯網很可能會成為企業獲得外部信息、知識的一個主要來源。

大體說來，一個企業的知識庫可以蒐集兩個主要方面的知識。一是企業的外部知識，主要指商業情報、經濟發展預測、行業競爭情況以及市場知識等。另一個是企業重要的內部知識，主要指企業內部產品研究、開發知識、客戶知識、某些典型的管理、技術難題的解決辦法、經驗之談等。另外，知識庫

可以由一系列的資料數據庫組成，這些數據庫少則幾個，多則成千上百個。每個數據庫以某一方面的知識為主題，例如汽車公司可以建立一個這樣的數據庫叫「自動轉換器的教訓」，專門蒐集有關自動轉換器在設計和生產過程中失敗的例子，以及從中學到的教訓等。

　　目前在企業中使用較廣的知識倉儲技術，有蓮花筆記和以內部網為基礎的網站（intranet-based websites）。蓮花筆記特別適合用於資料數據庫的管理和討論小組或聊天室的管理；網站則是在多層電腦平台上登錄多媒體信息的理想工具。同時，正如上文提到的，網站應用的另一個好處是它可以直接與資料數據庫連接，並且通過「連接文本」的形式把相關的知識串連到一起。近來的一個發展趨勢是這裡所提到的兩種技術正逐漸地趨於融合。但是隨著越來越多的電腦連接上網，網站技術將會以更快的速度發展。由於網站擁有簡單易用和雙向互動的特性，而且能夠輕鬆地處理採用圖形、聲音甚至圖像形式的知識，內部網上的網站將很可能作為主要的知識倉儲技術而被企業廣泛使用。

　　當企業打算採用這種網站技術進行知識管理，特別是用於對文獻知識進行搜索和尋找時，除了需要網頁瀏覽器和服務器之外，企業還需要其他的配套工具，如HTML（Hypertext Markup Language）的登錄工具、一個關係型的數據庫系統和文本型的搜索引擎等。另一個要求是企業應該同時建立一個線的同義詞詞典，以方便用者找到他們想要的知識。因為用者在查詢過程中，可能會因為使用的詞彙與知識庫設計者設計時所用的不同，而造成查找受阻，同義詞詞典的建立能把相同、相近

的詞彙連在一起，有助於解決這個問題。

　　前面提到過的專家查找系統（expert locator）或「黃頁」就是一個典型的知識庫。通過專家查找系統，查找者可以對倉庫裡某一知識領域的所有專家的個人資料進行搜索，目的是找出具有某一方面豐富知識或特殊才能的人。知識倉庫裡所儲藏的專家知識通常包括該專家的學歷、職稱、特長以及聯絡的電話地址或方式等。這個查找系統最好能夠提供使用者，對某一方面知識進行查找時所用的關鍵詞彙的指導。關鍵詞彙的使用最好簡明、直接，如有人想找出在金融分析方面的專家，那麼，敲入「金融分析」這個關鍵詞，應該可以很快地找到這方面的專家。同時，搜索引擎通過同義詞詞典，對與「金融分析」相同或相近的詞彙進行查找。這樣，諸如「經濟分析」和「財務分析」方面的專家也都會出現在查詢的結果裡。這樣的專家查找系統的庫存內容必須經常地被更新，以保證其相關性。所以許多裝有這樣系統的公司都要求專家們，定時地、自覺地修改和更新數據庫裡有關他們能力和特長的資料。但並不是所有人都願意花時間做這事情，致使查找得到的資料不確實或早已過時。因此，如何鼓勵和驅動專家們及時更新他們所掌握技能的資料，成了確保使用這個技術成功的一個關鍵。

第十一章

知識管理系統

由於知識時代所帶來的經濟、競爭環境的巨大變化，企業需要有一個新的管理系統，以適應新的環境要求。具體地說，企業需要建立一個知識管理系統──一個不斷發現和產生能幫助企業提高應變和競爭能力所需知識的系統。

多年來，企業的管理決策者便幻想著能有這樣的一個系統，通過及時準確地給各個層次的管理決策人員提供所需的信息，提高企業的市場預測能力，使企業能夠高效快捷地對環境變化採取正確的應變措施，從而使企業總是處於競爭的前頭。

現在，知識技術的發展使得這樣的幻想正在變成現實。那麼，什麼是知識管理系統？它是怎麼構成的？它在企業的經營管理過程中又是如何被使用呢？

第一節　知識管理系統的發展

前文提到的知識管理與信息管理的不同，構成了知識系統與信息系統的基本區別。但是知識系統不是憑空而來。廣義地說，知識系統也是一個信息系統，它是在原先專家系統的基礎上進化而來。知識系統與信息系統間的不同，在於其所處理的對象和想要達到的目標不一樣。對於信息系統來說，數據是信息的原材料。信息系統的主要職能是蒐集、處理數據，以及產生、儲存、傳遞和更新可供決策用的信息。而對於知識系統，信息則是知識的原材料。通過對信息和經驗的處理，知識系統產生、儲存、傳遞和更新用於決策的重要知識。

一、知識管理系統的概念

知識管理系統（KMS: Knowledge Management System）的發展，源於對信息管理系統（MIS: Management Information System）固有弊病的糾正。一直以來，信息管理系統能給決策者提供的只是已經發生過的信息（什麼），而無法提供有關事情起因（為什麼），和企業應該如何應變（怎麼做）的知識。在當今多變的市場環境中，光憑知道過去發生的事情並不足以應付日益激烈的競爭。決策者在進行決策時，不僅需要知道過去和現在，更需要了解事情發生發展的根本原因，掌握未來的發展方向和趨勢。

知識管理系統正是為了滿足決策者在新環境下的要求，在原先專家系統（expert system）和人工智能技術的基礎上發展而

來的。它能夠通過分析對比，整理出過去與現在的知識。使員工及時獲得有關企業內、外部最新、最實用的知識。更重要的是，這樣的系統能幫助企業的決策者快速地分析和理解事情發生發展的規律，並識別出未來走勢。因此，一個好的知識管理系統是決策者手中一個強有力的預測工具。

除此之外，知識管理系統能夠對關鍵的績效指數進行跟蹤和評估。這些指數對評估企業是否實現預定目標富有參考價值。最後，知識管理系統還能提供項目管理所需的協作工具，把企業內部掌握某方面知識的專家能手與需要該知識的部門、項目、人員等連接到一起，使專家知識能得到充分的發揮和利用。因此，知識管理系統能夠幫助決策者對關係到企業經營各個方面的問題，作出明智的決策。

一個典型的知識系統管理架構包括以下幾個部分：

1. 問題探索及其相關技巧的應用，目的在於尋找及確定現在和將來面臨的問題，以及發現適合未來發展的機會。

2. 一個與大型數據庫相聯繫、能夠進行數據倉儲和數據採勘的知識基礎設施，為知識系統的高效運作提供一個良好的技術環境。

3. 一個連接公司內部網、外部網和互聯網的電腦網路。電腦網路的使用改變了企業的作業環境，改變了企業與客戶、供應商和員工之間信息傳遞、溝通交流的渠道。如果使用得當，先進的網路系統能夠大大改善企業的經營管理模式。實際上，電腦網路使得企業信息系統間的對話成為現實。電子數據交換極大地提高了企業信息傳輸的方式、速度和效率。同時，電腦網路也有助於重要知識在相關部門和個人間的傳播

與分享，即使這些部門和個人不在同一個地方辦公。

4. 一系列能進行數量統計的軟體。這些軟體主要用於蒐集和處理數據、信息和知識，以及用於對所需知識的尋找和分享。本章將對這四個部分的功能和使用作詳細的敘述。下面我們先簡要介紹一下知識管理系統對知識的處理過程。

在一個典型的知識管理系統裡，知識的挖掘一般要經歷四個階段：準備過程；處理過程；分析整理過程；和傳遞過程（請參考圖表12）。

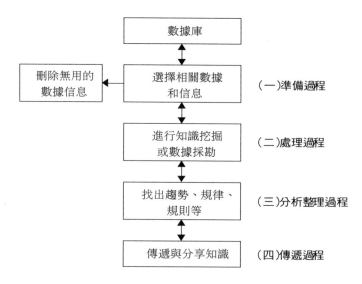

圖表12：知識管理系統的知識挖掘過程

第一階段為知識挖掘提供準備工作，選擇作分析用的數據和信息，並刪除那些已經過時無用的數據和信息。第二階段被稱為知識挖掘或數據採勘階段。這個階段利用各種分析工具對

所蒐集到的數據和信息進行處理。取決於分析的目的，多種知識技術軟體，如知識抽取工具、知識管理軟體和內部網搜索引擎等，都可以在這個階段用上。第三階段對處理的結果進行分析，目的在於找出蘊藏在數據後面的趨勢、規律和規則等。最後，第四階段把分析得出的結果傳遞給相關的部門和個人，以供決策使用。

綜上所述，知識管理系統的核心是對企業的組織知識進行整理、編纂和傳播。基於此，知識管理系統創造了一個協作的工作環境。在這個協作環境裡，知識被蒐集、整理和共享，為管理決策者能做出及時、正確的決策服務。實際上，知識管理系統就是為了提高企業的競爭能力而設計出來的。它比原先的信息管理系統站得高、看得遠，大大提高了企業決策者的預測能力和決策水平，並能利用系統整理後的知識為企業創造價值。

美國的道化工公司是一家化工生產公司，擁有成千上萬的專利權。過去，對這些專利的管理既分散又混亂，它們的價值沒能得到很好的利用。為了讓這些專利能為企業創造更多的價值，公司首席知識長官要求道化工下屬的十五個主要業務部門和分支機構，按照標準格式對它們所擁有的專利進行分門別類。通過旁注對比、彙總分析，公司發現了一些新產品開發的市場機會。更重要的是，公司找到新的賺錢途徑——專利的商業化經營。例如，當位於德州的道化工下屬的生產環氧化物公司對所擁有的三千五百個專利進行歸類時，他們意識到用於合成樹脂的二磷酸甘的生產過程可以推銷給其他公司。因此，公司決定對外提供這個生產過程的特許權。

二、知識管理系統的發展

　　從系統進化的角度看，知識管理系統是由信息管理系統經過多年演變進化而來。前面我們也講過知識管理系統從廣義上說也是信息系統的一種。實際上，所有的系統，包括下面將介紹的知識管理系統的前身決策輔助系統（DSSs: Decision Support Systems）和決策信息系統（EISs: Executive Information Systems）、它們的延伸點子處理系統（IPSs: Idea Processing Systems）和線上分析處理系統（OLAP: Online Analytical Processing Systems），以及與知識管理系統較為相近的專家系統（ES: Expert Systems），都屬於信息系統的範疇。這些我們都在此逐一介紹。在結束本節之前，我們還介紹了系統間數據的交換系統——電子數據交換系統（EDI: Electronic Data Interchange systems）的應用。

1. **決策輔助系統**：決策輔助系統分為個體決策輔助系統和集體決策輔助系統。個體決策輔助系統是被專門設計用來滿足不同層次經理的決策要求。它為管理人發現和解決與現在相關的潛在問題提供決策支持。為了增強管理人的決策能力，特別是對那些非常規的、棘手問題的解決能力，決策輔助系統注重對管理人的直接支持。這種支持通過把管理人放在決策過程的中心，為管理人的決策提供幫助，而不是替他們拿主意。這種雙向互動過程具有合成效應，效果比管理人個人或傳統信息系統中電腦自身的單向活動要好得多。另外，系統所產生出來的報表、報告能被決策者直接使用，而不像傳統的信息管理系統，雖然能產生大量信息，其中也不乏重要的

東西，但把這些重要信息找出來卻要費上不少勁。而且，傳統的信息管理系統只能對信息進行定期地彙總和報告，無法在任何一個時間裡給決策者提供及時準確的、可供決策用的信息。因此，從這一點看，決策輔助系統是傳統信息管理系統的一種改進和提高。

相對於個體決策輔助系統，集體決策輔助系統代表著目前在這個領域裡的一個發展方向。系統的服務對象由原先的一個人擴大到兩個以上。集體決策輔助系統把電腦、數據傳輸和決策技術結合到一起，為企業主管和他們的員工發現和解決問題提供支持。技術上的進步，如能提供集體協作的電子會議室、區域網路、電訊座談會和決策軟體，激起人們對集體決策輔助系統的興趣。

另外，近年來企業所處的外部環境的根本變化，也促使企業往這個方向發展，特別是在一個複雜多變、對知識需求大的環境裡，與決策相關的會議將變得更加頻繁、更加重要。同時，小組所面臨的決策選擇也正變得越來越複雜，並且比過去需要更多人的參與。為了應付新的環境變化，有些企業正探索能用於小組會議的更高級信息技術。總的說來，集體決策輔助系統能讓企業的決策者在激烈的競爭中以謀取勝，增強企業的應變能力和員工的工作效率。

2. **決策信息系統**：決策信息系統可以說是決策輔助系統的一個延伸，它多用在常規性的決策上。通過對數據的模型構造分析，決策信息系統幫助企業裡的高級管理人員完成他們的日常工作。系統對從企業內、外部蒐集到的相關數據進行處理，並高效快捷地傳遞重要信息。更重要的是，它能根據每

一位高層管理人不同的信息需求，對所需要的數據進行過濾、摘要和跟蹤，告訴他們所關心的、與他們的職責相關的事情的發展情況。不同於傳統的信息管理系統注重大量信息的儲存，決策信息系統側重對具體信息的尋找和授權獲取。它的整個設計核心是減少高層管理人花在尋找重要信息上的時間和精力。

綜上所述，決策信息系統能提供作策略性決策時所需的信息，追蹤整個企業和各個職能部門的工作表現，並且節省高層管理人用在常規工作上的時間。因此，決策信息系統通過在較短的時間內以合適的格式提供所需的信息，從而使得決策者能在有限的時間內做出正確的決定。

3. **點子（主意）處理系統**：概括地說，點子（主意）處理系統與決策輔助系統相關連。有的人認為它是小組決策支持系統的一個分支。無論怎麼說，點子處理系統的主要功能是蒐集、評估和綜合員工的點子，集思廣益，以增強決策者處理問題的能力和企業的創新能力。俗話所說的「三個臭皮匠，勝過諸葛亮」說的就是這個道理。點子處理系統一般是用在主意的形成階段。為了更好地理解系統的運作，我們有必要對點子（主意）的內在意義作一探討。點子或主意指的是明確表達出來的、對某件事情或某個事物的意見和看法。它建立在知識和過去經驗的基礎上，是智慧的結晶。知識不僅包括一個人對過去經歷過事情的認識，而且還包括對該事情的一種個人感受。點子可以說是這種感受的一種直接表達。

數據的輸入是點子處理系統運作的前提。這些數據以對問題的陳述和感想的形式被登錄處理；處理過程包括針對解

決某一問題的點子的形成和評估；處理的結果是產生該問題的解決方案和建議。到目前為止，人類對點子的形成階段還存在著一些疑難。行為科學還沒能弄清楚人類思維的運轉過程和知識的組織安排。儘管如此，行為科學家和電腦科學家正不斷努力著，試圖通過電腦來模仿人腦的思考過程。無疑，點子處理系統能幫助管理人和他們的員工提高解決、處理問題的能力，並在競爭中獲得優勢。

4. **線上分析處理系統**：前面所介紹的決策輔助系統、決策信息系統和點子處理系統也叫線上分析處理系統。這些系統均具有多維分析能力，側重在對已經發生過事情的詢問和回答。多維分析是一種重要的分析方法，它能讓使用者對企業數據庫裡儲存的數據的不同側面進行分析。例如，一個企業可以從產品部門、地理區域、產品水平、分銷渠道和細分市場等對同一組數據進行分析。因此，線上分析處理系統為跨部門、甚至跨企業間的分析提供方便。

　　但是，由於線上分析處理系統只注重對數據的彙總和摘要，它不能對企業的個別客戶的行為進行分析。例如，只知道本月份已經銷售了一萬件產品，並不能幫助決策者制定客戶發展策略。為了制定正確的客戶策略，決策者需要知道有關重要客戶的詳細資料和他們購買本企業產品的動機。為了彌補這方面的不足，企業需要對現有數據進行知識挖掘，這正是知識管理系統作用之所在。通過對事情發生原因的探討，知識管理系統能夠讓決策者更好地理解影響營運結果的各種因素間的關係。

　　以前的決策輔助系統無法做知識挖掘的工作，這個工作

只能由使用者自己完成。使用者先提出解決某個經營管理問題的方案或假設，設計出一系列複雜的步驟，對方案的可行性或假設的真實性進行檢驗，再看能否從數據裡找出論證的證據。這是一個非常複雜的求證過程，它對使用者的專業知識水平有較高的要求。除此之外，決策支持系統只能回答那些使用者具有足夠知識提出的問題。相反，對於知識管理系統的使用者來說，即使他們對某個領域知道的不多，系統也能回答他們所提出的問題，如能識別出目標市場的新客戶種類，甚至能發現信用卡的詐騙行為。

5. **專家系統**：一個專家系統（expert system）用於模仿專家的思維、決策過程。這裡所指的專家是指那些在某個方面或某個領域有著豐富知識、經驗或者特殊才能的人。實際上專家系統是一組包含某個領域專家知識的電腦程序。目的是通過提供給管理人員儲存在電腦裡面的關於某個領域的專家知識，以幫助這些管理人員進行決策。不論是把它應用到對客戶財務狀況的診斷，或者是對新產品開發成本的分析上，專家系統能夠做到「名副其實」，能大致像專家思考問題那樣，結合知識與經驗，對碰到的實際情況進行推斷。

專家系統是「用電腦代替人腦」的又一努力成果。它通過對專家所掌握的知識、他們對事情的分析判斷過程進行程式化處理，讓電腦成為會思考的機器，為企業管理人員提供關於某個方面的專家級決策諮詢。儘管這樣的專家系統在很多時候並沒有達到研究人員所預想的效果，但它在企業經營管理中、特別是在那些技術性較強的領域裡，還是用途甚廣。

　　例如，原麥道公司（McDonenell Douglas，現成了波音的子公司）就曾經開發設計過一套專家系統。開發這套系統的目的，是利用它在飛機降落之前對跑道進行掃瞄，並告訴駕駛員是否適合降落。因為公司了解到，在一般的情況下，經驗豐富的地面工作人員能夠單憑一、兩眼，就能直覺地判斷飛機是否適合降落，或者是否需要調整下降的速度、姿勢等，以保證準確、安全的降落。但這些地面工作人員因為無法與飛行員直接對話，所以他們也就無法告訴飛行員應該怎麼做。麥道公司設計這麼一套專家系統還有另外一個目的，就是希望這套系統在機場能見度較低的環境下也能照樣工作。因此，公司組織了一班設計人員，對那些經驗豐富的地面人員逐個進行訪談，了解這些人在看到飛機降落時是怎麼想的、怎麼判斷的、為什麼這樣想、為什麼做出這樣的判斷等。然後對蒐集到的經驗知識編成電腦程式。通過不斷的研究試驗，一套判斷是否適合降落的專家系統終於建立起來。其判斷的準確率達到80%至85%。成效斐然。

6. **電子數據交換系統**：電子數據交換是指公司間的交易在一個公開系統環境裡通過電腦完成。實際上它是書面文件資料以一種標準格式在不同公司的電腦間的傳送。在電子數據交換出現之前，數據的交換一般以打印或書寫的文件形式進行。例如，客戶訂貨時通過信件或傳真形式，通知企業的銷售部門。銷售部門再分別把客戶對產品的要求通知計畫部門、生產部門和運輸部門等。訂貨單據、計畫單據、生產單據和產品入庫單據等，都以紙張為主要的媒體形式進行傳送。相反，電子單據交換試圖實現交易過程的「無紙化」。它把文件

資料電子化，轉化為電腦能閱讀的電子數據，使得公司與公司的電腦間能夠直接對話。這些電子數據能夠直接進入企業的會計信息系統，經過處理轉化為有用的信息。

電子數據交換系統能夠在沒有人的干預下，把數據從一個電腦轉移到另外一個電腦。這樣的系統可以應用在採購下單、開發票、償付帳款、運輸通知和其他類似的交易活動中。在採用電子數據交換系統的企業裡，交易中每一個環節上的書面文件都由電子數據所替代。系統的使用不但可以減低紙張用量、減少文件在轉移過程中的差錯，而且可以節省人力和延長交易時間。

近年來，企業與企業間的交流模式已經遠遠超越傳統的電子數據交換方式。利用內部網和外部網，公司可以把從企業到供應商、企業到顧客和帳款的支付和收取等整個供應鏈自動化，目的是減少跨系統信息流動和分享過程的成本費用。企業還可以允許他們的貿易夥伴通過互聯網直接進入到企業的內部網路。這種新的數據交換方式正方興未艾，並將可能成為以後企業間數據交換的主要形式。

第二節　知識系統的開發與管理

基於上節對知識管理系統概念及系統發展過程的敘述，知識管理系統在企業經營決策中的重要性可見一斑。為了做好系統的管理工作，發揮系統的最大作用，在這一節我們對系統的

管理架構和系統的建立作全面的介紹，以幫助讀者加深對知識管理系統運作的理解。

一、知識系統的管理架構

在本章的第一節裡，我們簡要提到知識系統的管理架構包括四個方面的內容：問題探索技巧的應用、知識設施的建立、電腦網路的連接和合適軟體的使用。下面我們分別作詳細的介紹。

1.問題探索技巧的應用

這是知識管理系統的第一個重要組成部分。它強調應用問題探索技術找出可能影響目前和將來企業經營管理的問題，同時發現潛在的機會。這種途徑側重防患於未然，採取主動積極的防護措施，及時發現和解決問題，而不是消極地等待問題的發生。根據調查，傳統企業的管理人平時花掉大半的時間在應付日常工作中出現的問題，能用於企業計畫、發展的時間極少。一個問題剛被解決了，另一個問題又出現。管理人的主要時間和精力便用在應付這沒完沒了、不斷出現的問題上面。與其消極被動地應付問題，知識管理鼓勵企業的管理人把重心轉移到尋找問題上，把問題解決在其端倪狀態，不讓其發生發展。

那麼，知識能夠應用在什麼類型的問題上呢？為了更好地理解這個問題，我們有必要對問題的本質作深入的了解。根據問題的結構特點，我們可以把問題分為程式化問題、半程式化問題和非程式化（structured, semistructured and unstructured）問

題三種類型。

　　信息主要用於幫助解決第一種類型的問題，而知識則可以用於解決上述三種類型的問題，但對於後兩種類型的問題尤其有效。程式化問題指的是常規性問題，這一類問題的組成成分能被分解和確定，並且能夠被數量化，因而問題的解決答案能較容易確定。程式化問題所牽涉到的不穩定因素較少或者沒有，所涉及的時間範圍也較短，一般在一年之內。例如，對於一個材料訂購問題，根據下月或下個季度的銷售預測和生產任務，以及生產一件產品所需的材料標準，管理人很快就能計算出該月或該季度所需的材料訂購數量。由於程式化問題能夠被精確地表達出來，因此，我們能夠用數學公式或經濟統計的方法加以解決。換句話說，程式化問題可以完全依靠既定的程序或模型而被解決（這也許是這一類問題被稱為「程式化」的原因）。因此，這一類問題的解決可以被自動化──完全交由電腦進行運算處理。

　　非程式化問題則完全相反。這一類問題的組成成分基本上無法被確定。由於非程式化問題基本上不能被分解，在解決時只能依靠當事人的直覺和判斷。一般這類問題所牽涉的不穩定因素多，涉及的時間範圍也長，如五年或更長。比如說決定公司在以後十年的人才需求問題。由於這個問題牽涉到一堆未知數，在生產、銷售水平還未確定之前，與此相關的人才需求根本不可能被準確地計算出來。因此，要解決這方面的問題，只能採用定性分析的方法，也就是利用決策人的知識、經驗、直覺和判斷。通過對事物起源、發生、發展規律的分析和論證，結合決策人豐富的知識經驗，我們還是可以對該事物的未來發

展方向做出較為可靠的預測，從而找出解決問題的方法。無論怎麼說，這種決策帶有較多的不確定因素，固此決策的風險也大。

半程式化問題介於上面兩種問題之間。它既有程式化的成份，也有非程式化的成分。解決的時候在按既定規則進行的同時，還需要借助人的經驗和判斷力。半程式化問題所涉及的時間範圍不等，長則三、五年，短則一年半載。例如，決定投資組合的問題可以說是一個半結構性問題。一方面，投資經理需要蒐集相關股票、債券和其他金融工具在過去若干年的成績表現，利用已建立起來的數學和統計模型，在電腦上對不同的組合進行分析求證。另一方面，這些蒐集到的數據、信息以及綜合分析的結果，都只能代表所分析股票或債券的過去，只能作為決策時參考，最後決定選哪些股票則要靠投資經理的眼光和判斷力。

在下面的圖表13裡，我們列出了一些企業較常見的典型的程式化、半程式化和非程式化問題。

管理層次	問題類別		
	程式化問題	半程式化問題	非程式化問題
高層經理	生產設施問題	合併、收購問題	新產品開發問題
中層經理	預算問題	銷售預測問題	員工鞭策問題
低層經理	生產問題	材料購買問題	員工行為問題

圖表13：企業裡常見的程式化、半程式化和非程式化問題舉例

在弄清問題的類型後，我們接著討論尋找問題的技巧。在尋找問題的過程中，重心應該先放在獲得有關企業潛在問題和

發展機會的有用信息上。在取得這些信息後,重心再轉向那些能夠幫助解決問題和利用機會的知識上。過去,人們總是以為,只有信息才能幫助解決經營過程中出現的問題,而且越多信息越好。現在的情況可不是這樣,現在的企業經營需要創意,而知識是創意的源泉。擁有大量的信息不一定能保障創意的產生,智慧的火花只降臨那些有知識的頭腦。管理人必須從解決問題轉變到發現問題、發現機會的思路上,在掌握企業整體運作知識上,不斷地開發出更多有利於企業發展的新點子。

目前在企業裡較常用的問題探索技巧有下列幾種:(1)創造性的思維法;(2)大腦激盪法;(3)準確定義法(或系統思考法);和(4)電腦輔助法。

● **創造性思維法**:這個方法早在一九二六年就為美國的華拉斯所首先倡用。這個方法分為四個步驟:準備、孕育、頓悟和論證。準備階段包括蒐集可能對解決某些問題有用的數據、信息和知識。第二階段是一個主意醞釀的過程。第一階段所蒐集到的材料在這個時候被分析、對比和歸納等。由於所涉及問題的複雜性不同,這個階段所需要的時間長短也不一樣。有時候,由於問題的牽涉面廣,關係錯綜複雜,決策者一時可能理不清事情內在的關係。這個時候的決策者可謂「獨上高樓,望盡天涯路」,苦於找不到解決問題的辦法。這個階段實際上就是創意的形成階段。辨別事物之間的相互關係,以及尋找解決問題的各種可能方案,都在決策者的潛意識裡進行。在這個過程中,決策者可能突然間眼前一亮,恍然大悟。解決問題的新

> 管理人必須從解決問題轉變到發現問題、發現機會的思路上,不斷地開發出更多有利於企業發展的新點子。

點子或方案終於誕生了。這是創造性思維的頓悟階段。最後的一個階段對新產生的點子進行評估和論證，以便確定是否可行。如果不行，決策者需要重新開始直到找到適當可行的方案。

● **大腦激盪法**：這也許是最常用的創造力激發技巧。它通過對問題及其可能的解決方案進行天馬行空式的想像，從而幫助決策者提高對所要解決問題的認識。進行大腦激盪法時必須注意下面四個事項：（1）在開始階段不要急於對想出來的點子下判斷、作結論。點子的可行性評估和衡量可以放在後面階段進行；（2）出點子時盡量發揮各自的想像力。各種各樣的點子，包括那些怪異的、看似不著邊際的點子都應受到鼓勵和歡迎。修改和豐富已有的點子，比構造出新的點子要容易得多。（3）點子的數量越多越好。點子數量的增多意味著獲得高質量點子可能性的增加。（4）出點子者可以在其他人所出點子的基礎上，擴充新的點子。

　　其他的一些有效措施包括做好討論會過程的記錄；掌握正確分析問題的方法（如把大的、複雜的問題分解為若干小問題，再逐個擊破），以及如果討論的核心是針對某個產品，討論時該產品的樣品必須在場。在結束大腦激盪階段後，討論小組應該制定對點子評估的準則。淘汰不合適的點子，保留合適的點子，直到選出兩到三個大家認為比較適合的方案。最後再通過比較分析，從這剩下的二到三個方案中挑出最好的一個。只有當這個最好方案付之實施後，大腦激盪的過程才算結束。

● **準確定義法或系統思考法**：準確辨別所要解決的問題並不是一件容易的事情。在實踐中，有些時候問題難以被解決不是因

為解決的辦法不對，而是因為應該解決的問題沒被識別出來，這反映出當事人缺乏準確定義問題的能力。為了幫助加深對問題的理解，我們可以採用圖示的方法來表示事情之間的因果關係。因為在實際生活中事情的發生總是相關連的。問題不可能平白無故的產生。例如，企業本月的銷售下降了，肯定是哪個環節出了問題：產品質量下降？售後服務沒跟上？公司聲譽下降？或者競爭對手推出更好的替換產品？等等。

　　具體的圖示過程是：先把所要解決的問題和問題產生的可能原因寫在黑板上或紙上。然後用箭頭來表示哪個是因，哪個是果，誰引起誰的變化。這樣一直延伸開來，直到找出問題的根本原因為止。假設經過論證，上面例子中銷售的下降是由於產品質量出了問題，那麼，出在哪個方面，是技術問題？包裝問題？材料問題？經過一番的查根問柢，問題的源頭會慢慢地變得清晰，對問題的認識也就加深了。這個方法也被稱為系統思考法。若與上述的大腦激盪法一起使用，效果更佳。

● **電腦輔助法**：雖然電腦在發明創造方面不如人腦，但電腦自有它的可取之處：它沒有人的主觀成見；它可以幫助決策者在較廣範圍內系統地探索解決問題的可能性。因此一些專業軟體設計商致力於開發能夠幫助探索和分析問題的軟體。目前在西方市場上較常見的有Idea Fisher和Idea Generator，這些軟體使用起來簡單有效。

　　儘管如此，它們側重於決策者解決問題時的不同需求。同時，使用這些軟體可能需要使用者調整原有的工作方式，

以適應該軟體對點子創造過程的獨特詮釋。

這裡要強調的是，上述的這些問題探索技巧不只應用於對企業目前問題的尋找和解決，更重要的是，應用於對未來問題的識別，以及這些問題對企業現在和將來所可能造成影響的分析，同時在解決問題的過程中尋找潛在的發展機會。整個過程的核心是先「向前看」──把眼光放在未來，確定企業長、短期發展的目標策略，尋找和探索影響未來發展的重大問題。一旦問題被識別後，再「向後看」──即是把分析重點往後挪，把問題帶回到目前的經營狀態，並逐一檢驗它們（現在－未來）之間的因果關係，確定目前需要解決的、對未來發展有重大影響的問題。在此基礎上，再構思出問題的解決方案並分別進行評估，評估的時候應以企業所定的關鍵經營指標作為參照物，結合不同方案的利弊（利益相對於成本）進行取捨。

2.知識設施的建立

知識管理系統的第二個重要組成部分是建立一個高效的知識基礎設施，這是知識管理工程的基本建設問題，目的是建立信息和知識的互享管道。就如本書所再三強調的，實現信息和知識的互享要求企業減少不必要的管理層次，和採用「平」式的組織結構。「平」式結構有助於提高企業的應變速度。而在企業內部和與外部的客戶、供應商互享知識信息，則有利於打破彼此間的壁壘，以達到互利互惠，共同協作。

對企業的知識、信息進行存檔，使之能得以保留利用，需要企業在時間上和金錢上的投資。這不單只意味著企業必須選擇適合本身需要的系統和應用軟體，而且也要求員工們必須學

習和掌握相關的知識技術。當然,知識設施的建立能給企業帶來許多好處:它能提高利潤、降低費用;它使企業有機會對其生產管理過程以及它們的相關職能,進行重新設計和安排;同時,它也為與供應商或其他企業組成戰略聯盟或進行相關合作,提供基礎準備。取決於不同企業各自的需要,典型的知識設施大致包括下面兩個組成部分:

● **知識基地系統**(knowledge base systems):上節介紹過的專家系統就屬於這一類知識基地系統。它們所建立的基地由一系列的數學公式、假設、推理和其他知識的表現形式組成,代表著某個領域裡的專家知識。應用時,專家系統通過對知識基地所儲存的知識進行搜尋,以獲取恰當的應用知識。因此,這一類系統作用的大小取決於它們所擁有知識的多少和價值。為了保證系統的良好表現,知識的獲取和更新成了系統開發的一個關鍵環節。

　　同時,知識基地的維持工作也相當重要。因為,知識通常比數據或信息更富活力,特別是當基地裡的知識來自不同的地方,可能這些知識每天都在變化。為了做好知識的維持工作,企業最好能制訂詳細的操作流程:從開始的計劃、抽取、分析到最後的確證入庫等,保證知識基地提供及時、準確的知識。

● **大型數據庫**:隨著企業業務的增長,其信息系統自然應作相應的擴充,以滿足企業增長的要求。也就是說,企業的數據庫管理系統的硬體平台和系統所使用的軟體,必須跟著升級換代。由於電子商務的逐漸普及,網上交易變得越來越複雜。例如,現在大多數的銀行自動櫃員機不單只為顧客提供取款

和餘額查詢服務，還包括其他一系列的金融服務。這樣，為了提高服務質量，企業需要擴充他們的網上交易系統，增置更多的客戶和產品知識以幫助銷售。由於用者對知識需求的不斷增長，這種交易系統的規模也不斷增大。大型的數據庫能大大提高知識的儲存和開發能力，但數據庫過大也給數據庫本身的管理帶來困難。

為了更好地為企業裡不同層次的決策者提供及時可靠的知識，上述的數據庫、知識基地等應鏈接成一個統一的整體。由於各種數據庫、知識基地的內容和功能各不相同，一個統一的系統能給企業提供一個具有強大決策支持功能的穩固的知識設施環境。具體地說，通過把企業各個職能部門（如市場、生產和財務等）所需的知識整合到一個統一的知識系統裡，決策人員在一個地方裡便能獲取到來自不同部門相關的知識。

3.企業範圍內電腦網絡結構的建立

高效知識管理系統架構的第三個重要組成部分，是在企業範圍內建立一個電腦網路，以充分利用和開發散布於企業各個角落的、不易察覺的、具有潛在價值的知識和信息。高效的企業網路結構允許管理人員在辦公室的桌面電腦上或手提電腦上，便能從企業的網路裡下載所需的東西。這有賴於先進的網路技術，如集體協作、內部網和互聯網等的幫忙。它們能幫助管理人員快速地搜尋和獲取所需的知識和信息。下面我們分別簡要介紹它們在知識處理上的應用：

● **集體協作技術在任務小組中的應用**：在西方企業裡，任務小組是一個很普遍的工作單位，這在前文裡已經介紹過。在單一

的職能部門下可以組成工作小組，更常見的是不同部門間的跨職能小組。目前在許多企業裡，跨職能小組幾乎遍及任何一個角落。它們負責尋找和處理突發問題，執行計畫和實施必要的變革措施。

在利用信息和知識、提高企業表現方面，小組的組織形式在企業中正得到普遍推廣。集體協作技術（如蓮花筆記）配合互聯網的使用，能讓小組成員在世界上的任何一個角落及時了解到小組的工作進展情況，而且這種交流可以不受專有平台和文件規範的約束。

一個典型的任務小組由六到二十人組成，小組成員可能來自不同部門，具有不同專長。有的善於發現問題；有的善於分析問題；有的則擅長攻堅作戰。在制定解決方案之前，小組必須先診斷問題的癥結所在。集體協作技術能夠協調小組成員間的工作進度，對蒐集到的資訊進行分析，對問題進行論證。在協作過程中，小組成員不斷地相互刺激和發揮智慧和創造力，從而形成創造性的解決方案。

● **企業內部網和外部網的應用**：上面提到內部網是互聯網和網站的一種變形形式。它與互聯網的不同之處在於，互聯網是公共的信息高速公路，而內部網則是屬某個企業所有，為企業內部的網路需求服務。

例如，許多企業都制定有各種各樣的規章制度、操作流程，並且要求員工們學習和遵守執行。可是，實際上很多時候這些政策條文可能堆放在某個書架上或抽屜裡，員工可能不知道或難以查找到某個具體的條文。如果企業把這些東西都放在內部網上，則可方便員工們的隨時查找。

　　內部網不單只用於企業的內部員工。外部網，作為內部網的延伸，允許第三者如貿易夥伴、供貨商和客戶進入公司內部網的網站。就如前面的企業結構一章所述，這種形式可以進一步發展成企業間的網路結構組織或稱「虛擬組織」。一些成功的企業通過把內部網路、外部網以及網站技術嫁接到一起，從而在員工、商業夥伴和顧客間創造出一個強有力的協作環境。

　　內部網和外部網的應用正改變人們對知識信息獲取和傳播的認識。例如著名的庫柏會計和諮詢公司正在設計一個叫「知識網」的內部網。一旦建成之後，這個「知識網」能給員工提供企業所擁有的所有專業特長。如果某個員工在工作中碰到什麼困難，或對某些問題有疑難，他或她只要往系統裡輸入問題，系統便能告訴這個員工公司裡哪個人是這方面的專家，他或她的聯繫電話和電子郵箱地址等。除此之外，在這個「知識網」上，員工們能查閱到他們所從事該專業的最新報告、文章或最近某個學術行業研討會的材料等。目前庫柏公司的內部網上大概有六千頁文件資料。「知識網」的建設包括把公司現有的兩千五百個數據庫合併在一起，建成後的容量將是目前的十倍。總之，對於許多公司來說，如何讓員工獲取到公司大量的知識信息，總是一件必須優先考慮的事情。

● **利用互聯網與其他企業互享知識**：在當今的電子時代裡，互聯網實際上成了電子郵局、電話系統和圖書館。它能允許人們在地球的任何一個角落互相交換信息和知識。它為企業提供了另外的一個與客戶建立和保持聯繫的新途徑。目前大多數

　　企業都把注意力集中在建設一個信息量高的網站，但重要的是，企業在網站上提供的服務內容最好能由客戶決定。

　　雖然安全、方便也是應考慮的因素，顧客或消費者上到某個企業的網站上最重要的原因，是他們覺得值得在某網站上花時間。換句話說，上網能讓他們節省時間或提高效率等。而且網站是一個獲得大量關於企業產品和服務信息的方便地方，網站可以說是企業在虛擬空間的門面。對於電子商務企業來說，網站更是它們與客戶聯繫溝通的唯一渠道。因此，在互聯網時代，擁有一個網民喜愛的網站對企業來說是一件夢寐以求的事情。

　　前面介紹過的專家系統尤其適合用於網站上回答有關產品選擇、技術支持、服務諮詢等方面的問題。使用這樣的專家系統的網站查詢不像閱讀說明書或常見問題回答，而是像與真實的專家對話似的。專家系統解決問題的方法方式跟真實專家一模一樣。例如，如果顧客的打印機出了問題，一般說來專家在幫助解決問題的時候，不會把打印機可能出現的問題從頭到尾地問一遍，並逐一給予解答。他們總是直接詢問所出現問題的表現形式，找出問題的癥結，再提出一個或多個解決方案。系統向查詢者提出問題，然後根據查詢者所提供的答案進行分析，再提出解決辦法。它注重在問題問答程序上，後面所問的問題取決於查詢者對前面問題的回答和潛在解決方案的相關性。現在的軟體開發商們都能在較短的時間內，在網站的服務器上建立這樣的專家系統，並在合適的引擎上運行。

　　互聯網還是企業獲得外界知識的一個有效渠道，它能給

企業提供的幾乎是無窮無盡的知識，因此企業既可以利用互聯網進行市場研究，也可以利用互聯網與客戶互享知識信息。

4.恰當軟體的應用

在知識能夠被應用到實踐中之前，知識必須以一種容易理解和容易使用的方式來表述。即使企業建立起一套有效的知識基礎設施，企業仍然需要利用恰當的軟體工具來幫助分析所蒐集到的信息，需要利用恰當的軟體工具幫助挖掘、儲存和傳遞重要的知識。另外，對於那些側重於發明創造的企業，則可以利用一些專門用於挖掘和開發新知識的軟體。

企業應使用什麼樣的軟體在很大程度上取決於企業對知識的需求量。如果企業所處理的數據和信息量小，需要解決的問題也比較簡單，這樣的企業可以使用一些簡單好用的軟體產品。如果企業需要處理的數據、信息量巨大，繁瑣複雜的分析工作多，企業則應考慮建立大型的數據庫管理系統和採用相匹配的知識應用軟體。下面就幾個常見的知識應用軟體分別作簡要介紹：

● **知識挖掘軟體**：這種軟體用於對新知識的挖掘。具體地說，知識管理系統利用這種軟體，從企業的各種檔案資料裡挖掘重要的技術性內容，再把這些內容轉化為能被員工重複利用的知識。顯然，對於這樣的一種技術，重要的是它能提供有關公司運作的快速準確的知識，以幫助和支持決策。對於相當一部分公司來說，知識挖掘技術應不單只用於挖掘知識，而且能用於處理使用其他語言的文件。例如，市面上有些軟體

具備多種自然語言的處理能力（如Inxight公司設計的Linguist X 就屬於這種軟體系列），能進行語言的自動識別、短句摘錄及使用不同語言對所處理的文件自動進行總結等。

● **知識管理軟體**：這種軟體能對所包含的大量數據和信息進行合理的編排，並能把所歸納出來的知識在需要的時候傳遞到指定的地方，給那些需要該知識的員工。可以想像得到，如果企業缺乏鼓勵知識互享的文化，再加上數據信息來源的多元化，這種軟體很難發揮它的作用。目前市面上的知識管理軟體也呈多元化現象，各有側重。有的以目標為導向，用於編排和傳遞與某個特殊問題相關的信息；有的所儲存的信息包含廣泛，並且能根據員工個人的記錄對所需要的信息分別傳遞；其他的軟體則多介於上述這兩種軟體之間。

● **內部網搜索引擎**：由於知識軟體市場的迅速發展，許多內部網搜索引擎開發商也紛紛加入到這個行列，為他們的客戶提供策略諮詢服務和一些軟體工具，如「拉」式技術（pull technology）和能用於多個平台的搜索引擎。一般說來，搜索引擎總是與其他的軟體產品合用，成為該軟體的一個附屬功能。對於這些搜索引擎開發商來說，它們最大的挑戰來自微軟公司，因為微軟公司為它們的客戶所提供的文本搜尋軟體（index server text retrieval software）是免費的。

● **數據採勘軟體**：這種軟體主要用於大型數據庫，對潛藏的、能用於預測的信息以及相關知識進行挖掘，目的是發現新的知識。數據採勘是一個對數據和信息進行多方位分析的過程。它允許個體根據自己的需要對從企業內外所蒐集到的數據和信息進行或多或少的搜索和分析，並作適當的歸類。市面上

多數的數據採勘軟體（如「知識探測者」〔KnowledgeSEEKER〕）除了提供基本的分析能力之外，還提供一些複雜的統計和數學模型分析（如計算變量間的關係係數和趨勢分析），以確定事物間的相關性和發生發展模式。因此，這類軟體適用於解決前面提到的程式化、半程式化和非程式化問題。一般情況下，由於程式化問題所涉及的變量都可以確定（如產品的銷售問題），因此變量之間的關係也較容易確定（如某個產品的銷售數量與價格、銷售渠道的數量、通貨膨脹率以及競爭產品數量等的關係）。但當處理非程式化問題、變量難於確定時（如難於區分獨變量和因變量或不知道誰引起誰的變化），則可能要用到比較複雜的知識技術。帶有這些較複雜知識技術的數據採勘軟體，能夠幫助在混雜無序的數據中發現規律性的東西。它能顯示變量與變量間是否存在互動的關係。有些軟體利用數據視覺化（data visualisation）技術把變量間的關係圖像化。圖像的大小、形狀和表現形式還可以根據分析者的意願而改變，使得變量間的關係更好地通過圖像來表達。

● **線上分析處理軟體和統計分析軟體**：線上分析處理軟體側重於對問題作多元化的分析。通過從多個角度對問題進行分解分析，和對問題在不同角度的特徵進行歸納總結，這種分析能加深管理人員對問題的認識，促使解決方案的形成。統計分析軟體則多用於作預測，特別是銷售預測。例如，在過去歷年銷售數據的基礎上，這些統計軟體能建立起銷售預測模型，用於估計未來銷售變動。

二、知識管理系統的建立

基於上述知識管理系統的四個基本組成部分，企業能夠建立一個滿足經營管理需要的知識管理系統。這裡需要再三強調的是，沒有單一的硬體或軟體產品能做到這一點，一個高效的知識管理系統也不是硬體和軟體的簡單結合。知識管理系統的建立需要與企業結構變革、知識文化的陶冶和管理觀念的改變結合起來（請參考本篇的其他章節）。

為了更好地做好知識管理系統的開發和建立工作，企業必須對過去及目前的知識獲取和使用狀態有個明確的認識，然後對不同層次的知識需求（指操作性知識、戰術性知識和策略性知識──請參考第二章第二節）進行正確的評估，弄清人（觀念、文化）、系統（包括技術）和過程（包括體制結構）之間的互動關係。由於牽涉眾多因素，能否成功地建立起這樣的一個極其複雜的知識管理系統似乎是個問題。而且，在技術和人方面上的投資能否帶來應有的收益，也是許多企業決策者在決定是否建立知識管理系統時，必須考慮的一個主要問題。在現實中，一方面對於那些實現信息自動化管理的企業，在知識管理系統上的投資不會占用太多的預算，因為大部分能用於知識管理的基礎設施已經存在。另一方面，在知識管理系統上的投資很難用傳統的財務指標進行評估衡量。下一篇將重點介紹一些用在知識管理上的新的評估衡量手段。這一章剩下的篇幅主要闡述建立知識管理系統的關鍵步驟。

知識管理系統的建立，不是沒有目的地把所有員工或其他外部成員（如客戶和供應商）的一切知識給記錄保留下來。系

統建立的指導原則，是允許企業員工（有時包括其他外部成員，如客戶或供應商等）在他們的本職工作上有更大的自主性，以釋放個體潛能，更好地利用和創造知識，從而增強企業的運作效率和盈利能力。在這個思想原則下，企業在開發和建立知識管理系統時，必須考慮到下面幾點（有些已在前面的敘述中提到）：

1. **企業高層經理的支持**：正如其他的改革管理措施，知識管理系統的建立必須從一開始就得到企業高層的贊成和支持。離開高層的支持，知識管理系統將難以被優先考慮，項目將難以開展，或者即使系統建立起來了，也難以有效運行。因此，知識系統的建立應在總裁或副總裁的領導下，與企業的戰略管理、知識策略的制定緊密結合。

2. **任命首席知識長官**：就如前面所介紹的，首席知識長官負責知識策略的制定和具體設施，理所當然的也應當負責知識管理系統的開發和建設。系統的建立和成功運行有賴於首席知識長官的個人奉獻精神、傑出的領導能力和嫻熟的管理技巧。

3. **挑選精幹人員**：在任命了合適的首席知識長官後，企業應接著挑選精幹人員，組成建立知識管理系統的項目專責小組。這個小組的負責人必須對企業和管理的知識需求有透徹的了解，並向首席知識長官直接匯報。項目小組的其他成員則應具備技術和經營管理方面的特長。由於知識不同於信息，又需要信息作為它的原材料，在確定參與成員時，必須考慮到知識的這個特殊性。項目小組既需要有熟悉數據採勘、數據倉儲和網路管理的技術能手的加入，也需要那些深懂如何識別、挖掘和利用企業內部不同層次知識的管理人員的參與。

4. **選擇適當的系統開發途徑**：這裡需要考慮的是選用哪種途徑進行知識傳送。目前常用的有「拉」或「推」兩種不同的途徑。如果採用「推」的方法，知識管理系統把由系統產生的知識定期傳送給相關員工，以提高他們的工作表現。相反，如果採用「拉」的方法，系統不是定期給員工提供知識，而是給他們提供用於查找他們所需知識的工具。很明顯，不同的系統開發途徑對於系統結構設計以及所採用的軟體技術，有決定性的影響。

「拉」式途徑在具體的設計上因公司而異，而「推」式設計的重要組成部分則是建立一個企業範圍內的知識基地。這樣的一個知識基地應當包含企業經營領域裡各種各樣的重要知識，以及這些知識的實際應用。此外，企業還應考慮知識基地的用者介面，一個介面友好的知識基地有助於知識的搜索和更新。

總的說來，不論採用哪種途徑，所建立起來的系統應能提供給企業和企業的員工們一個學習和獲取知識的核心陣地。一句話，知識系統開發途徑的原則，是讓企業的最佳經營管理方法與人的心智進行良性互動，以最大地提高工作效率和人的創造性。

> 知識系統開發途徑的原則，是讓企業的最佳經營管理方法與人的心智進行良性的互動，以最大地提高工作效率和人的創造性。

5. **挑選能滿足用者需要的知識軟體**：進行知識管理系統設計的時候，當然也包括挑選能滿足企業實際需要的知識工具。這裡必須注意的是，由於企業對知識的需求可能會隨時間而變化，因此系統在設計上必須具有靈活性，系統所使用的知識軟體也應體現這一點。從前面一節的介紹中，合適的知識軟

體包括與集團技術結合使用的内部網、外部網和互聯網。建立單一的、標準化的技術平台能把員工們聯繫到一起，並方便知識的查取。知識管理系統不應單只方便對那些過去鎖在檔案室裡的檔案資料、文件報告的查詢，而且還應方便尋找那些具有特殊技能、豐富知識經驗的專家能手。因為，過去在大企業裡找出誰具有哪方面特長，總是一件費時費力的事情。有了知識管理系統的幫忙，企業員工能夠在短時間内找出企業範圍内具有某方面特長的專家。

6. **確定獲取、更新和傳輸知識的合適方式**：在挑選完合適的知識軟體後，企業接著應該確定獲取、更新和傳輸知識的恰當方式。因為即使安裝了能滿足企業知識需求的軟體，並不等於説數據和信息能自動被系統所認讀採用，也不意味著它們一定能被轉變成知識。為了發揮系統的強大功能，企業必須確定知識的獲取、更新和傳輸方式。

　　不論什麼規模的企業，知識總不是一成不變的。其實知識是最富有活力的，新的知識在湧現，舊知識會被新知識所取代。從這個角度看，知識具有時間性，它不可能被長期保留，當然這也取決於不同類型的知識。例如，一般説來會計知識的變動較少，而工程和技術上的知識卻變動較快。短則數月，長的最多也只有一兩年時間。因此，知識管理系統所獲取和儲存的知識必須是及時有用的。

　　在建立知識獲取程序的同時，企業應建立知識的分類體系，編製知識目錄。這樣做不只有利於知識的入庫、日後的查找，也有利於知識的及時更新替換。

　　在知識的傳輸上，知識管理系統克服以前信息系統被動

接受的弊病，能與系統使用者進行「高級」對話。它鼓勵用
者提出問題，加深用者對問題的認識，讓用者有機會思考新
問題、新方向。

7. **精心策畫知識系統的起步點**：企業應從一個或少數幾個對企業
有重要影響的知識應用入手。如果說客戶關係和質量是兩個
被認為影響企業經營的重要領域，管理人需要這些信息、知
識以加強、提高及衡量這兩個領域的工作。例如，商場也許
需要獲取有關客戶滿意程度的知識，這方面知識的獲得可以
通過客戶問卷調查、銷售點銷售數據統計，和利用數據採勘
技術進行知識挖掘等。如果使用數據採勘技術，商場可以蒐
集一些有關顧客的資料（如他們居住在哪個區或個人資料
等），然後看能否與在付款處所蒐集到的條碼數據聯繫起來。

　　這種方法也可以應用於獲取有關產品和服務的質量知
識。剛開始時企業的知識系統可以側重於蒐集客戶對企業產
品和服務的意見和看法——好的、壞的或一般？通過這些反
饋能提高企業的產品和服務質量。總之，知識管理系統的應
用應逐步展開。雖然建立系統傾向於給企業帶來長期的利
益，但在開始階段，它應能給企業帶來有目共睹的實惠。

篇末小結

　　在這一篇裡，我們分別從組織結構、文化、人力資源管
理、知識技術與知識系統建設等五方面，對知識管理進行了探
討。知識管理涉及面廣，幾乎涵蓋了組織經營管理過程中的每
一個環節。但其核心思想是一個組織需要把原先以實物管理為
導向的物本管理，轉變為以知識為導向的人本管理。這是因

為，人是萬物之靈長，知識的創造者、攜帶者和傳播者，更是組織價值、社會財富的創造者和守護者。

除了人本管理之外，一個注重知識的文化氛圍，橫向的、有利於信息和知識流動的網絡式結構，還有知識技術的適當應用，對於建立一個高效的知識管理系統來說，都是必不可少的，也是那些早前實施知識管理的企業單位的經驗之談。

似乎，知識管理點多面廣，難以實施。這裡，我們不提倡對組織作革命式的改革。就像前幾年的業務流程重組，多數項目中途流產，不能達到預期效果。可見革命式的改革並不一定適合所有的企業單位。我們建議實施知識管理項目最好從大處著眼，小處著手，循序漸進。因為，觀念的改變、結構的調整以及文化的形成都不是一朝一夕的事情。另外，在知識技術和系統建設方面，那些早已實現信息化的組織並不需要太多的額外投入，知識管理系統完全可以建立在原先的信息管理的結構架構上。

最後，對知識管理的投入恐怕難有立竿見影的效果。它不是靈丹妙藥，包治百病，而且一服見效。知識管理注重培養和提高組織中、長期競爭能力。因此，投資回報率等衡量投資項目的傳統指標，已不適合用於對知識管理項目的評估，組織需要採用新的衡量指標。幸運的是，我們不需要自行創制，一些正在使用著的新指標體系能給我們提供許多參考和啓示。

評估衡量篇

知識管理過程的評估

做好知識管理需要時間、精力和金錢上的投入，企業管理者需要及時了解項目實施的進展，以確保實施的效率及投資的價值。所以在制定和實施知識管理的同時，必須設立相應的評估指數和衡量機制，以保證預定目標的實現。通過對實施過程中企業的行為表現與所建立評估標準的比較，管理人員能及時地對實施過程進行評價，以確定效果以及是否應該做相應的修改和調整等。

對知識管理的評估是一個複雜的過程，它涉及到企業內部許多方面、不同層次的關係，企業必須根據自身需要和目的，制定適合的評估標準，建立起一整套合理高效的評估彙報機制。

這一章主要討論如何建立知識管理的評估反饋系統、過程中所應注意的問題，以及企業行為表現的主要衡量手段和報告形式。

第一節 知識管理過程中的企業表現評估

企業的表現是企業管理活動的直接結果，採用什麼樣的衡量尺度，取決於所評估的活動對象本身及其預想達到的目標。在制定知識管理策略時所設立的目標，當然應被用來衡量企業在實施策略過程中的行為表現。

一、企業表現行為的評估、衡量

要進行評估，管理人員需要有可供評估的信息。評估信息包括有關企業在實施知識管理前後的指標報告和實施活動報告等。所以企業的表現評估實際上是建立一個評估信息的蒐集、分析、比較及滙報過程。這個過程大概包括五個步驟：

1. **決定評估什麼**。企業的首席知識長官或其他負責知識管理的高層經理和知識項目經理，應具體制定對哪些實施過程和結果進行評價。這些過程和結果必須是在整個實施過程中占有重要地位，並且必須能夠被合理地衡量。所以，找出這些可衡量的重要區域是這個步驟的一個關鍵。

2. **建立評估的標準**。這是整個評估過程中一個比較重要的步驟。評估標準用來衡量行為表現，它們是項目實施目標的具體表述。標準建立起來後，企業接著應設計一系列的指數，以衡量知識管理過程中的重要活動和結果。評估指數就像股票市場的股票指數，用來反映所衡量的活動的變化情況。指數的制定必須適合企業實際，並且針對性強。在實際的測量中，通常每個標準都允許一定幅度的上下波動。

3. **衡量企業的實際表現**。決定評估所需信息的蒐集和反饋途徑。建立信息的蒐集和反饋系統（這個系統應當成為企業整個管理系統的一個組成部分）。指派具體人員的責任範圍，蒐集所需的信息，對企業的實際表現進行衡量。

4. **對實際表現和評估標準進行對比**。如果實施結果在評估標準的允許幅度內，這說明實施效果良好。那麼評估過程也就到此為止。否則，管理人員需要採取下一步的措施。

5. **採取糾正和調整措施**。如果實際結果達不到評估標準的要求，企業必須採取適當的糾正措施。管理人員必須弄清楚究竟是在哪個環節出了問題：這只是暫時的現象呢？還是實施程序沒被遵守？或者是對項目的實施期望過高？等等。

傳統的衡量尺度，如投資回報（ROI: Return On Investment)，適合用來衡量一個企業或者其下屬公司實現利潤指標的能力。但這種衡量尺度卻不大適合用來衡量與知識管理相關的其他目標的實現程度，如企業的創造能力或者員工的培訓和學習能力等。

雖然獲取利潤是一個企業存在和發展的主要目標，但投資回報率的計算只能等算出利潤後才能進行。它所能告訴我們的也只是已經發生過的事情：在過去的一年或半年裡企業的盈利情況，它既不能告訴我們企業現在的獲利水平，也不能告訴我們企業將來的盈利能力。

但是，對於一個企業以及與它相關連的個人和組織，如企業員工、投資者、銀行和供應商等來說，企業未來的獲利能力比它的盈利歷史更加重要。因此，企業應當設立能夠用來預測未來利潤水平的衡量尺度。這是本篇要探討的一個重要課題。

進行衡量的一個目的是為了更好地控制。控制可以是對實施結果的控制，如提高顧客滿意程度或有效使用研究開發基金等；也可以是對實施過程或行為的控制，如是否遵守所定的實施規程或員工是否參加學習、培訓等。

行為控制規定實施的程序步驟，而結果控制則針對行為的直接後果，設定所要取得的目標。當實施結果難以衡量，而結果與行為間的因果關係又比較明顯時，採用行為控制較為合適；當結果的衡量尺度能夠被確定，而行為與結果間的因果關係不明顯時，則宜採用結果控制。

例如，國際標準9000系列（ISO9000）是由總部位於瑞士日內瓦的國際標準委員會制定的質量管理行為控制標準。這個系列包括從ISO9000到ISO9004五個部分。這些標準對符合消費者要求的產品或服務所應具有的特徵進行定義。它們所關心的不是產品或服務本身，而是影響產品或服務質量的過程和行為。

ISO9000和ISO9004包含使用這些標準的指導原則、質量管理的組成要素，以及質量系統應達到的要求；ISO9001的標準條文包含廣泛、全面。它規定了從設計、開發、生產到安裝、售後服務等一系列過程的質量要求。

ISO9002適合那些沒有自己從事設計、開發的企業，其他要求與ISO9001相同；ISO9003則只規定檢查和測試的程序。適合那些沒有設計控制、過程控制、購買或服務，而只提供檢查和測試服務的企業。對於任何一個想取得質量認證的企業，這三個標準（9001－9003）沒有誰比誰更重要之分，它們的不同只是適應的範圍不一樣。

　　想申請標準證書的公司需要對所申請的產品或服務項目的引進、設計、生產和鑒定等一系列過程，分別按要求進行備案，手續極其繁瑣。儘管如此，國際上大多數企業都把具有國際質量證書看作企業產品、服務質量的一個保證。所以，許多國際大公司都要求供貨商提供給它們的商品必須具有ISO證書。

　　我們在前面的導論篇裡提到過，目前國際對知識管理和知識型產品還沒有一個統一的國際標準。但是，以美國為首的西方國家已經在這方面做了很多工作，估計國際知識標準的制定指日可待。對於企業來說，在國際標準還沒有制定前，企業在條件允許的情況下，不妨嘗試不同的知識策略和管理實踐，以找到最適合自身發展的路。

二、表現行為評估中存在的問題

　　對表現行為的測量是評估過程中的一個起決定性作用的環節。在這個過程中，難以數量化的衡量標準以及不能提供及時、準確的反饋信息，是兩個較常見的問題。顯然，缺乏具體可衡量的目標和及時的反饋，很難使知識管理取得預想的效果。其實，就是有了具體可衡量的目標和及時的信息，也不能保障良好的表現。這是因為衡量評估這種行為本身所具備的副作用，可能會干擾企業的總體表現。在這些副作用中比較常見的有短期行為和本末倒置。

1. **短期行為**：許多企業很少把時間花在考慮目前的運作對企業策略的長期影響，這些企業傾向於短期行為的原因可能各不相同。一般說來，造成短期行為的原因主要有下面幾個：
● 企業沒能意識到長期目標和長期行為評估的重要性。

- 企業認為短期目標比長遠的考慮更加重要。
- 企業的長期表現沒與高層管理人員的績效評估掛鈎。
- 缺乏時間作長期分析。

　　上述幾點是相關連的。由於企業在思想上缺乏對長、短期關係的認識，和對長期行為評估的重視，自然也就不願意把時間花在這上面。再者，許多企業裡的高層管理人都有一定的任職期間，他們所關心的是他們在該任期間的政績。因此，如何處理好這個問題，是做好企業表現評估的一個極富挑戰性的工作。解決問題的一個辦法落在第三點上，也就是把企業的長期表現與高層管理人員的獎金、分紅等聯繫起來，使高層管理人員的切身利益與企業的長、短期表現一致。

2. **本末倒置**：如果不能理清目標和手段的關係，對表現的衡量反而會導致企業總體表現水平的下降。有的企業為衡量而衡量，本末倒置，把對表現的衡量當作最終目標。其實，對表現的評估衡量只是一種手段，目的是使企業的行為表現向既定的方向發展。本末倒置在企業的行為評估中具體表現為下面兩個方面：

- 企業的員工只把注意力集中在那些容易被評估衡量方面的工作上，而忽視那些難以被衡量或不被衡量方面的工作。且不說那些容易被衡量的活動也許與企業的策略目標沒有多少關係，那些難以被衡量的活動如部門間的協作、知識的互享和員工的創造性等，卻可能對企業的經營發展有著決定性的作用。但是，可能由於這些活動沒被列進評估的範圍，員工對這些活動缺乏積極性也就不足為怪。誰都不願意幹那些吃力

不討好的事情。

　　而且，企業中還存在著所謂「上有政策，下有對策」的現象。對於管理層定下來的評估措施，下面的員工總能找到對付的辦法。例如，美國一家汽車修理廠為了提高車間工人的生產積極性，把員工的表現與獎金掛鈎，也就是說，工廠給工人們的酬金按照客戶所付修理費的比例而定。工人們很快便找到「對策」──在修理清單上多列更換配件、多填修理工時。這樣，客戶所付的修理費上來了，工廠的收入提高了，工人的酬金也增加了。可是，公司的聲譽卻因此而下降了。

- 局部表現的提高可能建立在企業整體利益的基礎上。在大型企業裡，不同部門或不同分支機構可能各自獨立核算或存在互相競爭的現象。因此可能造成部門之間互不合作甚至明爭暗鬥，從而有損企業的整體發展。部門之間可能因為爭資金預算或項目投資，而不願意與對方分享本部門的先進技術或管理經驗。這種小集體利益第一的思想雖然會提高該部門或分支機構的行為表現，但卻可能影響企業的總體表現。企業的不同部門之間時常會有一些利益上的衝突。例如，業務部為了多簽一份合同或討好客戶，可能會向客戶承諾提單交貨。生產部為了要及時交貨，只能加班以完成生產任務。加班會導致生產成本的上升，從而影響生產部的效益指數。這樣，可能業務部完成了預定的銷售目標，但是公司作為一個整體，卻可能沒能實現預期的經濟效益。

　　因此，企業在對知識管理進行評估、衡量時，要盡量避免上述的兩種不良傾向。特別是知識管理側重的是對企業長期競

爭力的培養，它所帶來的經濟效益恐難有立竿見影之效。任何短視的行為都不利於企業的健康發展。在衡量體系的建立上要採用全面、平衡的觀點，系統化的途徑。全面、平衡指的是把衡量體系的建立納入到整個企業戰略管理的架構上，既注重短期的經濟效益，也注重長期的成長、發展；既注重財務方面上的變化，也注重非財務方面(如創新能力)的消長。系統化指的是衡量指標的採用要有一定的格式、一定的時間間隔，而且衡量的對象要保持前後一致，以便於總結、比較。

因此，選擇合適的衡量指標相當重要，如果衡量指標選擇不正確，不單達不到衡量的目的，而且不良的習慣、作法也得不到糾正。除此之外，如何進行衡量、衡量結果的分析和匯報，以及衡量指標的改善提高等，都是在建立衡量體系時所需要考慮的問題。

第二節　知識管理中企業表現的主要衡量手段

過去衡量一個企業的行為表現時，投資者大都採用資產回報率（ROA）和每股平均盈利率（EPS）這兩個財務指標。現在，投資者傾向於接受使用綜合性的評估方法，如相關利益團體指標（stakeholder measures）、股東價值指標（shareholder value）、平衡計分卡（balanced scorecard）和無形資產監測表（intangible assets monitor）。雖然這幾種方法各有側重，其共同特徵是在原來的財務衡量指標的基礎上，引進其他非財務衡量

指標，使得評估更加全面和多樣化。特別是平衡計分卡和無形資產監測表，對於評估衡量一個企業的知識管理活動表現較為適合，目前為多數西方企業所採用。這一節我們簡要介紹傳統的財務指標（ROA和EPS），以及上述前三種綜合評估方法的特點，下一章重點敘述無形資產監測表所使用指標的形成和報表編製。

一、傳統財務指標

傳統的財務指標一般分為六種基本類型。它們分別是。

● 流動性比率，衡量企業償還短期債務的能力，如流動比率。

● 槓桿比率，衡量企業借債融資的程度，如債務總額與資產總額之比。

● 活動比率，衡量企業資源利用效率，如平均收款期。

● 盈利比率，衡量企業的盈利能力，如資產回報率。

● 增長比率，衡量企業的增長能力，如每股盈利率。

● 評估比率，衡量企業創造超過投入的市場價值的能力，如市盈率。

許多現代的理財或財務分析書籍對上面所列的這些比率都有詳細的介紹，這裡不多重複。下面我們只討論資產回報率和每股盈利率這兩個比較常用的指標。

1. **資產回報率**：是最常用到的一個財務指標，用於衡量企業運用其所擁有資源的效率。它的計算很簡單，稅前利潤除以企業的總資產之商，便是資產回報率。利用這個財務指標對企業的表現進行衡量有下面幾個好處：

● 它是一個概括性指標，綜合反映了一個企業在評估期間內的

總體表現。

- 它衡量一個企業利用資產創造利潤的成功程度,也衡量該企業是否達到當初的投資期望。因此,它可用於激勵企業的經理利用好企業的現有資產,和防止企業的過度擴張。

- 它是一個統一的衡量單位,可用於跨企業、跨行業間的比較。

雖然利用資產回報率對企業進行評估有上面諸多好處,它還是不可避免地存在一些致命弱點。第一,資產回報率的計算受會計上所提折舊大小的影響。我們知道,如果一個企業在本期提少資產的折舊費用,則會造成當期利潤額的上升,從而提高資產回報率。第二,資產回報率受資產帳目價值的影響。老企業的資產購買時間較早,已提的折舊多,即使不考慮通貨膨脹,它的資產回報率一般說來要比新辦企業高。而且管理人員可以利用資產的重新評估或舊資產的報廢,來調節資產回報率的大小。

最後,資產回報率衡量的是某一期間企業的行為表現,時間長度多為一年半載。它無法反映企業的長期表現。因此,儘管資產回報率似乎能比較客觀準確地衡量一個企業的整體表現,但它是一個短期指標,而且企業能根據自身「需要」讓它保持在一定的幅度內。

2. **每股盈利率**:這個比率是企業本期所賺純利除以企業所發行普通股票的數量。用於衡量企業籌措資金的運用效率。但這個指標也同樣存在一些不足之處。就像前面資產回報率的計算,一個企業某一期間的利潤大小受所採用會計處理方法的影響。而且,由於會計利潤的計算不是建立在現金流量的基

礎上，每股盈利率沒有考慮貨幣的時間價值。實際上，其他
的基於會計上的指標如淨資產回報率或銷售利潤率等，都存
在同樣的問題。因此，在評估企業表現的時候，不能單只看
這些指標。它們不能全面地反映出一個企業過去、現在和未
來的績效。

二、股東價值指標

因為上述的原因（基於會計上的財務指標有不可靠的一
面），人們開始偏向於採用股東價值指標來衡量一個企業的表
現。股東價值指的是企業未來預計現金流量（即股息）以及企
業變現價值之和的現值。提倡使用股東價值指標的人指出，如
果企業的目標是實現股東價值的最大化，那麼現金流量應該成
為衡量企業表現的一個主要指標，因為現金流量能體現貨幣的
時間價值，比利潤指標更能反映企業的生存和發展能力。這樣
一個企業的價值由未來現金流量及其資本成本所決定，只要企
業的回報率超過其資本成本，這樣的企業所創造的價值就大並
且值得投資。

股東價值指標包括經濟附加值（EVA: Economic Value
Added）和市場附加值（MVA: Market Value Added）兩個指
標。這兩個指標為位於紐約的斯提沃特（Stern Stewart）諮詢公
司所創用和推廣，現已被許多大公司如可口可樂、奇異等所採
用。經濟附加值指標近年來被普遍接受，大有取代資產回報率
和投資回報率而成為衡量企業表現的標準指標之勢。

經濟附加值是企業稅後營業利潤與年度資本成本總和之
差。市場附加值，簡單說來，則是企業的市場價值與所擁有的

投資資本之差。經濟附加值和市場附加值的主要特點，是這兩個指標的計算包含了對企業未來盈利能力的考慮，如它們把研究開發費用作為資本的一個組成部分，因為投資在研究開發上，實際上就是投資在企業未來的競爭能力上。市場附加值更是把市場對企業的評價考慮在內，避免了傳統財務指標容易受企業自身操縱的缺點。

三、相關利益團體指標

每個企業都會有自己的相關利益團體，如企業員工、客戶和供貨商等。由於各自的相關利益不同，不同團體對於企業的表現有自己的一套評估標準。也就是說，它們採用的評估指標不同。因此，對於不同的利益團體，企業應該建立起相應的短期和長期團體指標，分別對企業以及企業與該團體之間的活動情況進行衡量。例如，對於企業內部的員工來說，員工的滿意程度在短期裡可以通過月度或年度員工的人均生產率、員工所提意見的數量和發牢騷的數量等反映出來；長期上則可以用員工更換率和員工在本企業裡的平均工作時間等進行衡量。又如，對於客戶來說，顧客滿意程度的短期指標可以包括銷售數量、銷售金額和本月度和年度的新增加的客戶數量等；長期指標則可包括銷售增長率和客戶更換率等。

四、平衡計分卡

平衡計分卡包含一系列的財務和非財務指標，為哈佛大學教授開普蘭（Kaplan）和諾頓（Norton）在一九九二年所倡議。它與下章將要介紹的智力標準架構圖及無形資產監測表有

許多相似之處，近年來在北美公司中甚為流行，相反，無形資產監測表則似乎多為歐洲企業所採用。

　　開普蘭和諾頓提出企業需要一個多元化的衡量體系，以便供管理人決策時使用。他們稱這樣的一個衡量體系為平衡計分卡。計分卡上既包含傳統的財務指標，也包含帶前瞻性的非財務指標（如衡量學習創新能力的指標）。為什麼財務指標不足以用來衡量企業的表現？為什麼我們需要非財務指標呢？儘管傳統的財務指標能較客觀、準確地衡量企業的表現，但它們只能反映以往的業績。在當今競爭激烈的市場環境中，無論是對於企業的投資者或者是高層決策人員，企業在其他方面的表現（如顧客滿意程度或知識創新能力）更加重要，至少也是同樣重要。因為這些能力決定著企業未來的盈利和競爭能力。平衡計分卡正是為滿足企業評估的新要求而設計的。

　　其實，早在二十世紀九○年代初期，許多企業已開始採用非財務指標對企業的表現進行評估，如產品生命周期、顧客滿意程度和市場份額等。平衡計分卡便是建立在這些公司的實踐經驗上，把衡量體系的建設提高到企業戰略制定的高度，並對指標的制定加以系統化。具體說來，平衡計分卡包含下列四個方面的內容：

- 在財務上：衡量我們給股東們所帶來的實惠。
- 在客戶關係上：衡量客戶對我們的態度看法。
- 在內部經營管理上：哪些方面必須抓緊落實？哪些方面必須調整？
- 在創新和學習上：在繼續提高、發展和創新上，我們能做到多好？

　　在上述的每個方面上，企業再設計出一個或者多個的關鍵
行為指標（key performance measures），這樣形成一個指標體
系。至於採用什麼樣的指標或所採用指標的多少，則完全取決
於管理人員對企業所制定的戰略目標的理解和詮釋。企業需要
回答諸如下面的一些問題：「我們將如何去完成既定的使命？
需要採用什麼樣的戰略？我們的具體目標是什麼？」涉及上述
四個方面的指標體系，便是在對這些問題的具體回答的基礎上
建立起來的。例如，企業可以使用資產回報率、銷售增長率和
銷售利潤率等，作為財務方面的衡量指標；使用顧客滿意程
度、市場占有率和新產品所占的銷售比例等，作為客戶方面的
衡量指標；使用員工態度、單位成本和廢品率等，作為內部業
務方面的衡量指標；使用新產品開發時間和產品從開發到生產
的時間，作為學習創新方面的衡量指標。這些指標組成了企業
的平衡計分卡（請參考圖表14），用於控制和衡量企業在各大主

衡量領域	所用指標
財務方面	資產回報率 銷售增長率 銷售利潤率
客戶方面	顧客滿意程度 市場占有率 新產品所占銷售比例
內部業務方面	員工態度 單位成本 廢品率
學習創新方面	新產品開發時間 產品從開發到生產時間

圖表14：甲公司平衡計分卡例示

要方面的表現。目前一些資訊科技（IT）公司已經開發出專用的平衡計分卡軟體系統，幫助企業設計適合自身需要的記分卡衡量體系。

　　必須指出的是平衡計分卡並不單只是一些衡量指標的簡單集合，衡量指標之間自有其因果對應關係，這些關係可能直接地或間接地影響到企業的財務表現。也就是說，指標之間存在相互作用的關係。一個指標的變化會引起另一個指標的變化。

　　例如，通過分析研究，美國的Rockwater建築公司發現，員工的工作態度與顧客的滿意程度密切相關。進一步的分析發現，對公司極其滿意的客戶大概占客戶總數的20%，為這些客戶，多提供服務的員工工作態度積極，對自己在公司裡的角色感覺良好。反過來，被那些對工作不抱積極態度的員工所服務的客戶，多表示公司的服務不盡人意。而且，他們還發現那些滿意的客戶，不拖帳、付款及時。這些客戶一般在項目完工後的十天內便還清帳款，而不是等到通常的九十天或一百二十天付款期期末才付款。平均收款期的縮短大大提高了公司利用資源的能力。根據推算，收款期的減少，一年為Rockwater增加了價值一千五百萬美元的流動資金。從上面的例子中，我們可以看到指標之間的內在聯繫：從員工的態度到客戶的滿意程度，再到投資回報率。

　　這樣，一段時間後，從這些指標的變化上能夠反映出管理人所採用的經營策略是否正確，是否達到預期目標。通過對指標變化的分析，管理人能夠對原先建立指標間因果關係時所作的假設進行檢驗。假使預期目標沒有實現，如果不是原先的假設不準確，則有可能是因為實現目標的時間比預想的長。指標

的設置也不是一成不變，也許一開始沒有選好，也許指標沒能提供一個清楚的指示，或者是競爭環境的改變、業務重心的轉移等。這些因素都可能觸動企業對指標進行修改。企業可以在進行戰略計畫的時候，定期(如一年一次)對指標的使用進行審查、回顧和更改。

　　平衡計分卡雖有許多優點，但作為一個管理工具，它還是不可避免地有它的不足之處。首先，雖然對知識管理的衡量可以成為整個衡量體系的一部分，平衡計分卡編製的出發點，並不是為知識管理或衡量知識資產服務的，整個指標架構的設置缺乏靈活性，對財務、客戶、內部業務和學習創新四個方面的分類，可能並不適合所有的組織單位（如政府部門或其他非營利機構注重的是其工作的社會效果，而不是經濟利益。故此用於商業性組織的財務指標不大適合用於衡量這些部門或機構的工作表現）。而且，上述四方面的分類很可能沒有涵蓋衡量企業表現的所有重要指標。如果企業只是把注意力集中在這四個方面，一些重要指標由於沒能完全歸類到某一具體的類別裡而沒有被採用。另外，雖然員工的知識技能和創新能力能從學習和創新類別的指標上有所反映，但反映有限。平衡計分卡沒有充分強調和突出員工的知識技能以及這些技能的應用——企業的創新能力。它對企業裡的人、他們的知識和其他有形資產一視同仁。總的說來，在平衡計分卡的設計上，我們可以看到許多工業時代管理思想的痕跡。

第十三章

知識型資產的衡量

前面一章講了對知識管理過程中企業行為表現的評估，明確了衡量在整個企業經營管理過程中的重要性，也了解到傳統財務指標在衡量企業的知識管理與創造活動上的不足之處。在這一章也是本書的最後一章裡，我們將著重探討企業在知識管理過程中如何做好對知識資產的衡量。

知識資產是企業的一筆寶貴財富，它是組織知識的結晶，也是組織知識應用的價值體現。對於許多企業來說，特別是對於那些在資訊科技和服務行業裡的企業，其知識資產的價值已遠遠超過它們所擁有的有形資產的價值。因此，對這些知識資產進行衡量管理不僅大有必要，而且勢在必行。

第一節、知識資產的概念

知識資產（knowledge assets）也稱無形資產（intangible assets）或智力資本（intellectual capital）。無形資產是會計學上多年來富有爭論性的一個課題，知識資產和智力資本則是近年來才有的新名詞。至今為止，西方學術界和企業界對知識資產的概念還存在爭論。除了上述的知識資產、無形資產等不同說法外，人們對於知識資產和無形資產的外延也有所爭議，有的認為知識資產是無形資產中的一種，所以無形資產包括了知識資產；有的則認為知識資產比無形資產包含更廣。為了避免敘述上的混亂，筆者採用了第一種說法。

一、什麼是知識資產

傳統上，無形資產指的是知識產權和商譽。知識產權包括專利、商標、發明、版權和品牌等。這些東西實際上是企業創造知識、應用知識的結果。它們經過註冊登記，受法律的保護，同時，它們也受傳統會計所承認，它們的價值和損耗折舊都能在企業的資產負債表上顯示出來。

商譽則指那些除了知識產權以外的、不能被區分開來的、但又屬於企業所有的無形資產。它包括客戶的信任、企業的良好聲譽、高效的生產效率和卓越的管理水平等等。著名的商譽價值連城，它是成功的象徵（如麥當勞、可口可樂等），是質量的保證（如新力、東芝等），是發明創造的代名詞（如微軟、易利信〔Ericsson〕等）。

　　但是，就是這些使企業超凡脫俗的商譽，卻得不到傳統會計的承認。按照現行的國際會計標準準則，只有當企業被轉讓、收購時，這些商譽的價值才能在該收購企業的帳面上反映。企業在經營過程中自身產生的商譽因其難以被分類，並且其價值難以準確確定，故不能在該企業的帳面上被記錄計價。這樣，企業的商譽——企業裡極寶貴的資產在帳面上既得不到合理的反映，也得不到應有的重視。

　　知識資產和智力資本一詞近幾年被使用得比較多，它們是伴隨著知識時代而來的新詞彙，主要代表企業裡員工們通過智力活動而創造出來的、能給企業帶來更高價值的無形資產。它不僅包括上述的傳統意義上的無形資產，而且也包括伴隨知識時代而來的新的無形的東西，如知識、信息、客戶關係和技術進步所帶來的效益等。知識資產不像企業裡的其他有形資產，如辦公室、設備等。辦公室、設備看得見、摸得著，在帳面上也能找到相應的價值。而知識資產看不見、摸不著。那麼如何對它們進行分類？又如何進行衡量呢？

二、知識資產的類型

　　九〇年代中後期，一批知識管理的先驅者開始對知識資產的衡量進行研究和試驗，形成了不同的分類系統。主要有斯肯地亞智力資本模型（Skandia intellectual capital model，這個模型為瑞典斯肯地亞財務顧問公司所創用）、無形資產監測表和智力資本分類圖（the intellectual capital distinction tree，這個分類圖為魯思等人所設計）。實際上這些分類系統大同小異。它們基本上都把知識資產分成三大類，只是在名稱上和在各大類的細分

上有所不同而已。這裡主要介紹斯拜比的無形資產監測表。

斯拜比把知識資產分成三類。它們分別是：員工知識技能（employee competence）、知識的內部結構（internal structure）和知識的外部結構（external structure）。他認為一個企業的員工無非是做這兩方面的工作：對內建立及維持好企業；對外則與客戶打交道。當員工對內工作時，他們創造了一個知識的內部結構，這個內部結構也就是我們平常所說的組織（或企業）；當員工對外工作時，他們建立起顧客的關係以及企業的形象，這是企業知識的外部結構。

下面我們對這三種不同的知識資產分別作簡要的介紹：

1.員工知識技能

這裡的員工知識技能指的是專業員工創造有形和無形資產的能力。一個企業的員工分為兩大類：一類是專業員工，指那些從事計畫、生產、管理或銷售的人員；另一類是輔助員工，指那些從事行政、後勤或財務的人員。有些人可能對把員工知識技能列為企業知識資產抱有疑問。認為企業資產必須為該企業所占有，而員工並不是企業的所有品。在前面我們也講過，員工知識屬於員工所有，一旦員工離開企業，該員工所擁有的知識也被一起帶走。那麼，怎麼理解斯拜比所說的員工知識技能是企業知識資產的一個組成部分呢？

在這一點上，斯拜比的理由是：人是企業不可分割的一部分，很難想像離開所有的員工，一個企業能夠獨立存在。而且如果員工能夠體驗到真正的主人翁感，員工們傾向於同企業生死與共。西方國家的多數企業都會給那些服務多年後退休或被

解雇的員工一筆補償金，正是對員工對企業所做貢獻的一種回報。雖然這些補償沒有被當作負債記錄在企業的帳表上，但是它們實際上是一種未實現的承諾，性質與租賃合同相同。這其實可以看作是員工知識技能的一種融資形式。還有一點需要補充的是，員工的個體知識是企業組織知識的來源，組織知識為企業所擁有。因此，在員工沒有離開企業之前，在理論上完全可以把該員工的知識技能看作是企業組織知識的一個組成部分，看作是企業知識資產的一部分。

過去，我們經常聽到企業說這樣的話：「我們的員工是我們的寶貴財產！」或「人才是我們的寶貴財産！」這不應當只是一句動聽的口號。知識時代要求企業真正體現人的價值，體現知識的價值。

2.知識的內部結構

知識資產的內部結構是指企業裡除了人之外，在經營過程中建立起來的、為企業所擁有的、支撐企業正常運作的綜合能力。它包括發明、專利、業務操作、處理流程、信息管理系統、行政管理體制等。這些多數都是員工們建立、設計出來的，有的則由外部購進。由於這些內部結構可以通過自己開發或從外部購買，企業掌握著對這些資產作投資的主動權。

另外，企業文化和企業結構也都屬於內部結構。一般說來，內部結構和員工一起組成了我們經常所說的企業這樣的一個組織。

3. 知識的外部結構

知識資產的外部結構指企業外部關係的總和，它包括企業與顧客和供貨商的關係，也包括品牌、商標，和企業的聲譽或形象。其中有一部分是受法律保護的知識產權，如品牌、商標等。企業對外部結構的投資不能像對內部結構的投資那樣，有較大的控制權。這是因為與顧客和供貨商關係的發展必須是雙向的，這些資產的價值體現在企業能否很好地處理好對外關係。所以，它總是存在一定的不穩定性。

內部結構和外部結構組成了企業所擁有的全部組織知識。內部結構提供企業應付內外挑戰所需的知識能力。而外部結構則代表著企業迅速適應市場變化、迎合顧客需求以及把外部關係資本化的能力。

綜上所述，雖然知識資產是無形的，但它們不是不能被識別開來。實際上，運用斯拜比所建議的分類法，企業能夠把企業所擁有的知識資產分別歸納到員工知識技能、內部結構和外部結構三個類別裡面。例如，麥當勞作為一家馳名世界的速食連鎖店，它所擁有的重要知識資產也許應當算麥當勞品牌，已經建立起來的一整套營銷策略和管理程序，也許還應當包括漢堡等的製作程序。前者屬於外部結構（品牌）；後三者則屬於內部結構（策略、程序、方法或配方）。

下面我們在圖表15摘要列出一個企業所擁有的資產。

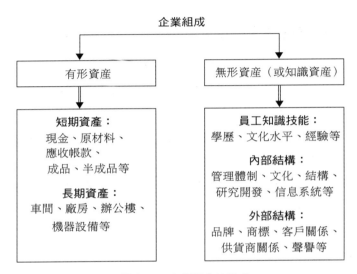

圖表15：企業資產的組成

第二節　知識資產的衡量

　　鑒於知識資產在企業管理中越來越重要的地位，你可能會驚訝地發現，大多數企業至今還沒有對本企業的知識資產作系統的管理和衡量。長期以來企業的注意力只集中在圖表15中左邊的有形資產，忽視了對右邊知識資產的投資和管理。許多企業並沒有真正領會到對知識資產的投資能帶來更大、更長久的價值。當然，這與現行會計準則在處理有形資產和無形資產投資上的差別有關。

一、現行會計處理的弊端

對於企業來說，對知識資產投資的會計處理猶如一把雙刃劍。一方面，把錢花在研究開發、員工培訓和品牌建設上，能給企業的股東們帶來長期的價值增長。另一方面，這樣的投資卻可能導致企業短時期財務表現的下降。反過來，假設一個企業不再在這些方面繼續花錢或減少投資，儘管這樣會引起服務質量的下降、員工士氣的低落，及新開發產品的減少等，在短期內企業卻可能會有誘人的財務表現。為什麼會出現這樣的現象呢？這是因為現行會計對有形資產和無形資產的處理有不盡相同之處。

當一個企業投資在有形資產如設備時，設備通過現金或應付帳款被購進，並登記入帳，成為資產負債表上的一個資產項目。從財務會計角度看，這個過程是一種投資行為。投資行為屬於現金流出，所購入的東西直接登記為資產，所以當期沒有發生費用。設備使用後，折舊費用才開始被提取，並在設備使用期內逐年被分攤。相反，當一個企業投資在無形資產如進行技術革新或員工培訓時，現行的會計準則通常不允許企業把花在這些項目上的錢當作一個資產登帳。而通常是作為生產或管理費用直接進入當期的費用帳。除了發明、專利、版權等法定知識產權，或者購買其他企業時能單獨核算的商譽能夠被單列登帳外，其他的、內部產生的知識資產，如獨特的經營方式、良好的客戶關係等，都無法從帳面上反映出來。因此，花在該項目上的錢也就自然沒反映在資產負債表上。

實際上，就像斯拜比所指出的，上述的兩種活動的目的基

本上相同：都是通過在短期內現金的投入去獲取企業長期盈利能力的提高：購買設備是為了增強生產能力，實行技術革新或員工培訓是為了提高生產效率與競爭能力。兩者殊途而同歸。但它們在會計的處理上卻截然不同。可以明顯地看出，這種差別無疑會束縛企業對知識活動的投入。傳統的觀念一直認為只有對有形資產的投資（如購買機器、設備等）才是投資——因為這種投資被入帳作為一項資產，故此能從企業的資產負債表上反映出來，而在無形資產上的投資反而增加了企業的成本費用。

實際上，對無形資產投資所獲得的效益往往比有形資產要來得好，只是效益的體現形式不同而已。例如，對員工的在職培訓需要錢、需要時間，而且很難直接從這投資中獲取利潤。但是培訓可能提高了員工的責任心和歸屬感，提高了員工的技術熟練程度，提高了員工的開發創造能力，從而間接地為企業的利潤增長作出貢獻。

因此，在對知識資產進行衡量時，企業必須先實行觀念上的轉變。再者，上一章已經指出，單以財務指標為評估標準，不能全面準確地衡量企業的總體表現。企業應設立一些其他的非財務指標來衡量知識資產的多少，特別是對於那些擁有大量知識資產的企業，傳統的衡量指標，如前面所介紹過的投資回報率或資本回報率（ROE）、資產回報率（ROA）等，已經遠遠不能適應新時代企業管理的要求。

二、新價值指標的採用

新的管理目標促使新的衡量工具出現。在衡量工具的選擇

上沒有對錯之分，對錯之分完全取決於衡量的目的和觀察者看問題的角度。財務形式的衡量並不比非財務形式的衡量更勝一籌，兩者都是不穩定，也很難說誰更客觀一些。財務指標被普遍接受只是因為它們為傳統的會計所採用，存在的時間長，在實踐中一直被使用。但是，我們別忘了傳統會計創立於工業時代初期，至今已有將近五百年的歷史。雖然傳統會計也一直不斷地改進發展，但它反映不出企業內部知識資產的產生、積累和變化過程，因而不利於企業對這些資產的管理和開發。

　　由於企業管理過程中技能的培養、知識的應用，以及知識資產的形成等，都是無形的、非貨幣形式的，所以我們需要新的、有別於財務形式的衡量工具。前面一章介紹的「平衡計分卡」就是把財務形式的衡量和非財務形式的衡量結合在一起，既關注於對傳統經營活動的評估，同時也注重對知識活動的衡量。

　　其實，多數企業在經營管理中都或多或少地統計一些非貨幣形式的數字，使用一些非財務形式的衡量指數。例如，有的生產企業可能使用噸時來衡量產出：每小時車間能生產多少噸的產品；酒店可能使用開房率來衡量營業情況：當天或當月裡入住房間數占房間總數的比例等。這些都屬於對內部結構效率的衡量。對於外部結構，如企業與顧客關係，則可以通過調查來測量客戶的滿意程度。同樣，有的企業通過測量員工的滿意程度和員工的保留率，來衡量員工的知識技能水平。可惜的是，這些衡量措施並沒有在大多數企業裡得到廣泛持續的使用。

　　問題出自哪呢？對於大多數企業來說，指標的設計並不是

一件特別棘手的事情，問題出在難以解釋蒐集到相關的數據。有的企業對客戶做定期的調查，但由於蒐集回來的數據過多而給分析工作帶來影響。管理人發現不容易從這些數據中看出與企業表現行為變化的關係。對此，斯拜比建議企業使用一個固定的衡量架構，以便對知識資產進行連續、系統的測量。這個衡量架構就是他所提出的知識資產的三個類型。

　　在衡量之前，企業需要對企業所擁有的知識資產進行一次全面的審計。並把它們分別歸類到這三種知識資產的名下。在每一種資產下，再設計三個不同的類別：增長和更新、效率以及穩定。接著，再在每一個不同的類別裡，選擇一到兩個衡量指數。根據斯拜比的建議，指數的數量最好不要超過兩個，不然會引起混淆。這樣可以把這一系列的衡量指數編繪成表。我們用圖表16和隨後的圖表17做例子。這樣所編製而成的表就是所謂的「無形資產監測表」。

　　下面我們分別就如何設計外部結構、內部結構和員工知識技能這三種知識資產的衡量指數，作簡要的介紹（詳細內容請參考斯拜比一書《*The New Organisational Wealth*》，一九九七年由Berrett-Koehler出版）。

員工知識技能	內部結構	外部結構
增長和更新指標	增長和更新指標	增長和更新指標
效率指標	效率指標	效率指標
穩定指標	穩定指標	穩定指標

圖表16：知識資產指標

員工知識技能	內部結構	外部結構
增長和更新指標： 平均教育程度 平均工作工齡	增長和更新指標： 在資訊科技上的投資 用於研究開發活動的 時間	增長和更新指標： 顧客滿意指數 市場占有率的增長
效率指標： 專業人員比例 平均每一個員工所創造 的利潤	效率指標： 輔助員工的比例 輔助員工的平均 銷售額	效率指標： 平均每個客戶的利 潤收入 平均每個銷售人員 的銷售額
穩定指標： 專業人員離開企業 的比例 專業人員的平均 工齡	穩定指標： 輔助員工離開企業 的比例 工齡少於兩年的員 工人數	穩定指標： 重複訂單的數量 客戶關係的平均 年齡

圖表17：無形資產監測表（樣本）

三、對外部結構的衡量

　　客戶關係是企業知識外部結構最重要的組成部分。我們經常聽到的「客戶是我們企業的衣食父母」、「顧客就是上帝」，都是強調客戶對企業的重要性。客戶關係的建立、維持和發展要占用企業員工——特別是銷售人員——大部分時間。在這些時間裡，專業人員通過與客戶的溝通、交流和合作，實現了知識的相互轉化。在理想的狀態下，客戶在一方面給企業帶來利潤的同時，也促進了企業知識技能的提高，幫助企業樹立良好的市場形象以吸引更多的客戶。當然並不是所有客戶都能做到這樣，特別是對於有些企業來說，客戶數量可能成百上千，不可能對所有客戶面面俱到。而且，並不是所有的客戶都是能給

企業帶來利潤的客戶。因此，企業對不同的客戶應有所側重。

　　如果企業根據與客戶的交往歷史、訂貨數量、金額及以後的關係發展等，對所有客戶進行評價打分的話，大體上那些能被列為「好客戶」的客戶加起來，大概在15～20％之間。無疑，這些客戶是企業最重要的客戶。這些客戶的滿意與否是維持穩定客戶關係和保持盈利水平的保障。故此在銷售領域裡有「八：二」說。即是企業應當集中80％的精力在20％的客戶身上。企業應及時掌握這些客戶的變化情況，並對其未來發展的潛力定期進行評估。

1. 增長和更新指數

● 人均客戶利潤額：

> 人均客戶利潤額＝企業本期的利潤總額÷客戶人數

　　當管理人對他們所擁有的客戶逐個進行分析時，他們可能會驚訝地發現，80％的客戶實際上並不能給企業帶來利潤。通常會計計算成本利潤時，大都採用成本的分批或分步法計算。因而企業對由每個客戶所引發的成本所知甚少。

　　有的時候大客戶並不都是最有價值的客戶。首先，企業為了贏取大客戶，不惜花大本錢和時間，關係的建立和維持成本高。第二，由於大客戶具有集團購買力，企業很難與大客戶在合同定價上討價還價，結果是企業給大客戶的價錢低於其他客戶，企業所得利潤少。這樣使得企業在大客戶身上的邊際成本極低，如果再加上貨款的拖欠等，企業從大客戶身上很難賺到大錢，甚至還可能賠本。而且過度依靠大客戶

也會給企業的穩定發展帶來麻煩（請參考下面的穩定指數）。

因此，企業有必要對客戶進行分析歸類，對主要客戶定期統計他們給企業所帶來的成本和收入，這樣可以分別計算出企業對這些客戶的利潤額。

● **市場占有率的增長：**

這個指數可以通過下列公式算出：

市場占有率的增長＝（本期市場占有率－上期市場占有率）
÷上期市場占有率

這個指數的變化可以顯示企業產品或服務市場的發展情況。

2. 效率指標

● **客戶滿意指數：** 客戶滿意指數是一個關於企業外部結構是否高效的重要標誌。許多企業通過定期的市場調研，系統地蒐集有關客戶對企業產品或服務的態度看法的信息。這些調查結果可以用在市場營銷上，可以用來編撰客戶滿意指數。企業做這方面的調查並不複雜，關鍵是持之以恒，按照設定的調查形式和程序定期重複地進行。這樣得出的結果一方面可以用於與前期作比較，也可作預測用。

3. 穩定指標

● **客戶保留率：**

客戶保留率的計算公式如下：

> 客戶保留率＝本期重複下訂單的客戶數量÷期初客戶總數量

　　企業也可以統計重複訂單的次數。統計本期的合同訂單
中有多少是來自老客戶的，這裡的老客戶指至少下過第一次
訂單的客戶，這是另外一個衡量客戶滿意尺度的指數。因
為，只有滿意的客戶才可能成為回頭客。而且，老客戶比新
客戶更容易維持關係，維持成本低，效率會更高一些。

　　客戶重複下單的本身顯示客戶對企業產品服務的欣賞和
贊同，以及該客戶願意與企業繼續發展關係。穩定而忠誠的
客戶是企業的財富，良好健康的關係有助於企業與其客戶互
惠共利，共同發展。

● **大客戶比例**：前面提到大客戶不一定是能帶來利潤的客戶，
　過度依靠少數幾個大客戶則可能給企業的穩定帶來潛在的威
　脅。這跟股票市場的投資一樣：「不能把雞蛋都放在一個籃
　子裡」。道理很簡單：企業不能把自己吊死在一棵樹上。

四、對內部結構的衡量

　　企業裡行政、財務、人事、後勤和文書等部門的一個主要
任務是維持內部結構的高效運作。在這些部門工作的人也稱輔
助員工。另外，那些負責企業裡信息系統、數據庫或知識庫維
持工作的員工也屬於這個類別。

1. 增長和更新指標

● **在內部結構上的投資額**：企業對附屬部門或內部新的作業流程
　的投資等，通常在會計上作為費用處理，但在這方面的投資

實際上意味著對內部結構的建設，所以企業應該對內部結構的變化作定期的回顧和分析。

● **在信息系統或知識系統上的投資額**：企業對信息技術的投資直接影響到企業的內部結構。在這方面的投資也往往是實施企業知識管理策略的一個組成部分，像前面所提到的知識庫、專家系統或數據採勘等，能更好地提高企業處理知識、利用知識的能力，從而提高企業的市場競爭能力。

因此，企業在信息系統上的投資額或這個信息系統投資額與銷售總額的比率，能夠從一個側面提供企業內部結構的開發和發展情況。

● **對內部結構有「貢獻」的客戶數量**：企業時不時會接到一些合作項目，這些項目有助於強化企業的內部結構。基於某些客戶的要求，企業可能實施一些有關生產、經營或銷售的研究項目。這些項目可能包括開發新技術、研製新材料或安裝新軟件等。另外，有些客戶的合同項目比較大，涉及到企業許多專業員工的參與，這種項目既有利於知識的轉移，也有利於新知識的產生。因此，這種類型客戶的多少可以顯示企業內部結構效率的高低情況。

2. 效率指標

● **輔助員工比例**：

輔助員工比例＝輔助員工總數÷企業職工總數

它用於衡量企業內部結構的工作效率。這個指數的變化顯示輔助員工工作效率的提高與否。

● **人均輔助員工銷售額：**

> 人均輔助員工銷售額＝企業本月份或本年度的銷售額÷
> 　　　　　　　　輔助員工人數

　　這個指數能夠告訴我們輔助員工對企業銷售所做的貢獻。它的變化同樣可以顯示內部結構工作效率的高低。

● **員工態度調查：**這一類調查主要目的是蒐集員工對企業、客戶以及他們的上司的態度。這些態度其實也是企業文化的一個顯現。調查方式包括：問卷調查、個別談話和座談會等。但以匿名的問卷調查為普遍形式。由於填寫人不被識別出來，填寫時沒有心理顧慮，能夠暢所欲談。

　　這類調查與企業對客戶滿意程度的調查大同小異，企業員工對企業、客戶的態度會有意無意地影響到企業在客戶心目中的形象。如果一個企業的員工對企業抱消極的態度，這種態度不僅會影響到客戶對企業的印象，而且會抵消企業所做的廣告或其他促銷、公關活動所帶來的積極效果。因此，企業應設計固定的格式，定期進行調查，以便及時發現員工態度的變化。

3. 穩定指標

● **企業經營年份：**一般說來，一個老企業要比一個新企業更穩定一些。「百年老店」和「老字號」通常是質量和信任的象徵。一個企業如果能在幾十年甚至上百年的競爭中生存下來，這本身就是企業內部結構穩定的一個很好說明。

● **輔助員工的更新率：**

> 輔助員工更新率＝本年度中離開企業的輔助員工人數÷
> 　　　　　　　本年度初的輔助員工總數

　　輔助員工是企業內部結構的支柱。如同專業員工的更新率，支持員工的更新率也必須保持在一定的幅度內。由於支持員工負責維持企業的內部結構，所以他們的波動幅度最好比專業員工的低，保持在3～7%之間。

● **新招員工比例：**這裡的新招員工指那些工齡低於兩年的員工。通常，年輕員工比較不穩定，喜歡「跳槽」。因為工作時間短，經驗沒有老員工豐富，知識技能也比老員工要低。但新員工富有學習熱情和工作積極性，是企業發展的後備力量。因此，企業應維持一定的新員工比例。一般說來，太高的新員工比例顯示企業的低效率以及缺乏穩定性。

五、對員工知識技能的衡量

　　前面已經提到，員工的知識技能指的是專業員工的知識技能。因為專業員工是一個企業利潤的主要創造者，他們的知識技能對企業的經營管理至關重要。根據上述的無形資產監測表的製作方法，企業可以從增長和更新、效率以及穩定三個方面設計衡量指數（下面所舉例的指數不一定適合所有的企業，企業應該根據實際情況和衡量要求，自行制定一套自身需要的衡量體系）。

1. 增長和更新的衡量指標

● **工齡**：工齡是關於專業員工知識技能的一個簡單而實用衡量
指數。工齡可分為工齡總數和平均工齡兩種。

> 工齡總數＝企業裡所有專業員工的工齡總和
> 平均工齡＝專業員工工齡總數÷專業員工的總數

（採用工齡指數的理由是基於這樣的一個假設：一個專業員工
在其專業上工作的時間越長，其經驗越豐富、技能越熟練）

● **專業員工更換率**：如果我們用所有參加企業的專業員工的工齡
總數除以那些離開企業的專業員工的工齡，則可以得到員工
知識技能的更換率。這個更換率能夠顯示專業人員的更換對
企業知識技能的影響。

下面的圖表18展示如何計算更換率。

知識技能更換率2001年	年數	比例	備註
新招聘專業員工的工齡數	200	1%	
離開專業員工的工齡數	-190	1%	
代替離開員工職位的員工的工齡數	395	2%	
知識技能的淨增長	405	2%	2%=405（年數）÷2000（企業專業員工的總數）

圖表18：知識技能更換率的計算

除了上述兩個指數外，企業還可以採用其他方面的指數，
如教育程度和培訓、教育費用。受教育的程度是專業員工知識
技能的基礎，因此，教育程度的高低影響到企業現在和未來的

學習、競爭能力。專業員工的學歷是一個有效的指數，企業可以計算出企業裡專業員工的學歷比例：從高中到大專、本科以上等進行統計。學歷比例的變化可以顯示企業專業員工的平均教育水平是否提高。

　　在培訓和教育費用方面，可採用的衡量指數包括銷售培訓率、培訓天數或培訓小時數，銷售培訓率是培訓費用與銷售額的比率；培訓天數或培訓小時數則可以統計總的或平均每個人的培訓時間。

2. 效率的衡量指標

● 專業員工占員工總數的比例：

> 專業員工占員工總數＝專業員工數量÷員工總數

　　這個指數衡量專業員工在企業中的重要性。不同行業的企業對專業員工的需求各不一樣，但對於同一行業裡的企業，這個指數可以用於企業間的比較。

● 槓桿效率：專業員工的槓桿效率等於專業員工占員工總數比例的倒數。這個槓桿效率指數可以用來計算企業裡的專業員工為企業創造利潤的能力（請參考圖表19的計算公式）。

● 專業員工人均價值增長：這個指數顯示企業裡的專業員工平均每人可以為企業創造多少的價值。因為專業員工是企業利潤的主要創造者，所以這個指數的變化能夠顯示，專業員工的利潤創造能力在兩個不同時期裡增長與否。

　　要計算專業員工人.均價值增長，企業必須先計算出在本

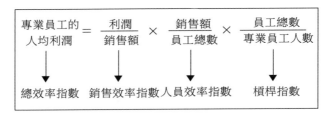

圖表19：槓桿效率的計算公式

月或本年度的總價值增長。總價值增長是企業該月份或年度
的總收入減去經營成本和與經營直接相關的費用之差。但不
包括員工工資、福利、折舊和利息等。然後用總價值增長的
數值除以專業員工的總數，則可以得出人均價值增長指數。
圖表20簡要地展示這個計算過程。

甲公司價值增長表（2001年度）	
銷售收入	100
生產成本	35
生產費用	6
總價值增長值	59
專業員工數量	20
專業員工人均價值增長	2.95

＊備註：這裡的生產費用裡不包括生產員工的工資、福利、折舊和利息

圖表20：人均價值增長計算表

3.穩定衡量指標

● **員工平均年齡**：一般說來，年紀大的員工不像年輕人一樣喜歡
「跳槽」，他們傾向於待在同一家企業工作。如果一個企業擁

有眾多在本企業裡工作多年的老員工，說明這家企業相當穩定，擁有許多經驗豐富的老員工。所以，從平均年齡可以看出一個企業的穩定程度。

作為企業的一項用人政策，企業最好能維持其員工平均年齡的穩定性。當然，平均年齡太高也不一定是好事，特別是當一個企業的平均年齡在比較長的時期內逐漸上升，企業應該有意識地通過招聘年輕員工，給企業補充新鮮血液，防止員工平均年齡的老化。

● **職工更新率**：職工更新率同樣衡量企業知識技能的穩定性。它計算起來方便快捷，而且也適合與其他企業作比較。具體的計算方法如下：

> 職工更新率＝本年度離開企業的職工人數
> ÷本年度初企業職工總數

一般說來，太低或太高的職工更新率都不是好事情。如果職工更新率低於百分之五，企業可能顯得太過穩定而缺乏活力；如果職工更新率高於百分之二十，則說明企業職工的流動性太大，很可能是他們對企業不滿而導致「跳槽」。因此，職工更新率必須保持在一定的範圍內，既能保持一定的活力，又能保持知識技能的穩定性。

第三節　知識資產報表的編撰和分析個案

目前多數企業對知識資產的管理、衡量和報告工作尚處於

起步或探索性階段，一些企業已經嘗試編製知識資產報表，以滿足內外部的信息需求。鑒於現行的會計準則和各地的證券交易所的上市條例，對於上市公司知識資產的信息披露並沒有硬性規定，這方面的工作純屬自願。這一節以Celemi公司為例，具體探討企業如何在其年度報告中編製上面所介紹的無形資產監測表。

一、Celemi公司的背景介紹

　　Celemi成立於一九八六年，是一家總部位於瑞典的國際管理諮詢顧問公司。它致力於幫助企業利用自己的員工迅速提高市場表現，在設計、推廣創新性的學習培訓工具方面極負盛名。其服務範圍包括：業務學習（learning business）、改革學習（learning change）和營銷學習（learning marketing）。作為一家管理諮詢公司，可以想像得到Celemi沒有多少諸如廠房機器等龐大的有形資產。對於Celemi來說，與客戶保持良好密切的合作關係、員工豐富的知識經驗，才是企業寶貴的財富。公司的高層領導人在深深地意識到這一點之後，決定從一九九五年起，在其年度報告中採用無形資產監測表的格式，開創了知識資產會計報表編撰的先鋒，並在實踐中取得相當的成效。一九九九年，Celemi被評選為當年度歐洲「最受敬仰的知識型企業」（MAKE: Most Admired Knowledge Enterprise），並且連續在一九九八和一九九九年兩度獲得全球獎的提名。

二、二〇〇〇年度報告和資產報表

　　下面讓我們看看Celemi在二〇〇〇年度報告中的資產報表

格式。總的說來，Celemi的年度報告與其他公司的年度報告沒有太大的差異。報告陳列了公司的業務範圍、過去一年中的發展情況介紹、董事會成員的變動以及公司未來發展方向等。唯一與其他公司的年度報告不同的是，Celemi沒有採用傳統的資產負債表、利潤表和現金流量表，而是製作了一份資產監測表（請參考圖表21），全面展示Celemi所擁有的資產全貌（包括有形的和無形的資產）。

傳統的財務報告提供的是關於企業表現的一個歷史性焦點鏡頭。相反，Celemi所採用的資產監測表則能提供關於該企業更詳盡、全面、及時的信息。該報表提供的信息能夠幫助我們分析判斷，是否Celemi正按照所制定的戰略計畫發展。我們還可以從中看到這家企業正如何管理他們的員工、客戶和他們對企業內部結構的投資。從而能夠更好地分析、預測這家企業現在所存在的問題及未來走向。因為這些因素影響著任何一個企業的盈利能力，決定一個企業未來的成功與否。

三、Celemi在二〇〇〇年度的表現綜評

1.財務方面的表現

總的說來，該公司在二〇〇〇年度的財務表現不理想，沒達到預期的戰略目標。但在這一年度裡，資本有了很大的增長，從上一年度3%的負增長增加到本年度的67%。同時，對固定資產的投資速度放慢。公司的盈利能力有所增強，邊際利潤比上一年度增加了一倍（是三年中最高的一年）。股東的投資回報率有了較大的提高，在二〇〇〇年度達到了12%，比上一年

度提高了50%。除此之外，公司在財務表現的穩定也顯示出改進跡象，這表明公司在前面年度裡對固定資產的投資正初見成效。

2.客戶方面（外部結構）的表現

在客戶方面，該公司在二○○○年度的銷售增長緩慢，從上一年度的22%下降為9%。同時，能增強公司形象的客戶的銷售份額也下降了，從前一年度的54%降到本年度的41%。儘管如此，該公司的銷售增長率仍保持在計畫範圍內，不過銷售下降的原因或許應當引起公司高層領導人的細察。

從報表中我們可以看出，一個穩定而滿意的顧客群一直是Celemi的最強項（請參考其三年來客戶穩定指數），是該公司最有價值的知識資產。客戶在本年度繼續保持很高的滿意程度（六分中取得五分）。重複下單的客戶高達78%。對五個大客戶的銷售份額，也從上一年度的29%上升到本年度的39%。另外，本年度的銷售效率比上一年度略低（三百五十五），但基本持平。

3.組織方面（內部結構）的表現

在二○○○年度，能夠促進Celemi增長的客戶項目銳減（8%），實際上是自一九九八年來三年中最低的一年。這表明在本年度該公司所接的大項目或挑戰性項目不多。鑒於前面年度在知識產權方面過多的投資，公司在本年度對知識資產方面的投資和用於研究開發的經費明顯減少。在過去五年裡所開發新產品的銷售額有所提高，從上一年度的17%上升到本年度的

分類	指標	2000	1999	1998
增長和更新				
有形的金融資本	資本增長	67%	-3%	-3%
	淨投資率 (15)	8%	9%	35%
我們的客戶（外部結構）	銷售增長	9%	22%	8%
	增強公司形象的客戶 (5,12)	41%	54%	59%
我們的組織（內部結構）	促進企業增長的客戶 (5,18)	8%	21%	51%
	新產品的銷售比例 (24)	26%	17%	49%
	研究開發經費/銷售額	5%	14%	12%
	無形資產投資與附加值比 (13,30)	14%	22%	42%
我們的員工（能力）	平均專業經驗 (3,9)	10.1	9.2	8.3
	增強員工能力客戶 (4,5)	44%	27%	59%
	專業技能增長 (11)	18%	38%	8%
	大學以上學歷的專家比例 (6,8)	75%	80%	67%
效率				
有形的金融資本	邊際利潤 (19)	2%	1%	0%
	淨資本回報率 (16)	12%	8%	1%
	銷售盈利能力 (22)	7%	8%	12%
我們的客戶（外部結構）	人均客戶銷售額 (5,26)	355	367	306
我們的組織（內部結構）	輔助員工比例 (2,22)	13%	20%	25%
	人均輔助員工銷售額 (7,17,26)	12727	9205	6774
我們的員工（能力）	人均專家創值 (9,17,30)	817	892	802
	銷售增值率 (30)	48%	49%	47%
穩定				
有形的金融資本	資本資產率 (29)	32%	20%	29%
	流動資金儲備 (14)	19	32	11
我們的客戶（外部結構）	客戶滿意指數 (32)	5	5	5.18
	重複訂單 (23)	78%	68%	66%
	五大客戶銷售比例 (5,10)	39%	29%	33%
我們的組織（內部結構）	輔助員工更換率 (1,2)	17%	33%	13%
	平均輔助員工工齡 (2,28)	4.2	3.8	2.6
	新員工比例 (17,27)	41%	36%	41%
我們的員工（能力）	員工滿意指數 (31)	48	5	4.62
	專家更換率 (7,9)	16%	14%	13%
	專家工齡 (9,28)	4	4	3.3
	員工年齡的中間值 (17)	39	37	37

圖表 21：Celemi 資產監測表（2000年）

2000年資產監測表備注

1. 輔助員工更換率：離職輔助員工數除以年初所有輔助員工數
2. 輔助員工：指專家員工以外的員工
3. 平均專業經驗：平均專家員工經驗（以年為單位）
4. 增強員工能力的客戶：指那些公司專家員工能從中學習、增長技能的客戶項目金額占整個銷售的份額
5. 客戶：分成三大類
6. 年終時員工學歷情況：小學＝1，中學＝2，大學或以上＝3
7. 專家員工更換率：離職專家員工數除以年初專家員工數
8. 大學以上專家人員比例：具有大學學歷的專家員工數除以所有專家員工數
9. 專家：指與客戶直接打交道的員工（指諮詢顧問）。公司的高層管理人員也屬於這一類別
10. 五大客戶銷售比例：前五大客戶的銷售額占總銷售額的比例
11. 專業技能的增長：本年度的平均專業經驗與上一年度平均專業經驗之差除以上一年度的平均專業經驗
12. 增強公司形象客戶的客戶：指對那些增強助提高公司形象或為公司介紹新客戶的客戶的銷售額占總銷售額的比例
13. 無形資產投資與附加值之比：研究利用開發費用加上在傳統利潤表中被列為費用的營銷和資訊科技費用除以附加值
14. 流動資金儲備：滿足業務正常運轉時所需流動資金的儲備天數
15. 淨投資率：有形固定資產的投資占固定資產總額的比例
16. 淨投資回報率：稅後利潤除以股東資本的平均額
17. 員工數量：報表中使用兩個定義：在計算效率指標時使用全年員工的平均數量；在計算增長和更新以及擬定指標時則使用年底的員工數量
18. 促進公司增長的客戶：指對那些能促進公司進步或及其項目能被進一步利用的客戶的銷售額占總銷售額的比例
19. 還際利潤：稅前利潤除以銷售總額
20. 利潤與附加值之比：「真」利潤除以附加值
21. 輔助員工比例：年底輔助員工數量除以年底員工總數
22. 「真」利潤：利潤額加上在傳統利潤表上被列為費用的研究和開發經費
23. 重複訂單：本年度內對「老」客戶（指上一年度有過交易）的銷售額除以銷售總額
24. 新產品的銷售比例：在過去五年中所開發新產品或新服務的銷售額在銷售額的比例
25. 人均輔助員工銷售額：銷售總額除以平均輔助員工數
26. 人均客戶銷售額：銷售總額除以客戶總額
27. 新員工比例：在本公司工作時間少於兩年的員工占員工總數的比例
28. 工齡：指員工在本公司工作的時間長度（不包括在其他公司的工作時間）
29. 資本資產率：股東資本除以資產總額
30. 附加值：銷售總額減去付給供應商的帳款
31. 新衡量體系：48%的員工在一個五檔評估尺度上選擇4或5（上一年度使用的是一個六檔評估尺度的平均值）
32. 客戶滿意指數：六檔的評估尺度

26%，達到該公司預定的目標。

公司的內部運作效率在二○○○年度取得了飛躍性的提高。輔助員工比例降到三年中的最低點（僅為13%）。同時人均輔助員工的銷售額創歷史新高。另外，公司的內部穩定性在二○○○年度得到控制和改善。輔助員工的更換率從上一年度的33%下降到本年度的17%。員工在公司工作的平均年數也由前一年度的三點八年增加到本年度的四點二年。這說明員工對該企業的歸屬感有所提高。同期新員工人數也有所增加，吸引和保留優秀員工是一個企業長盛不衰的動力之一。

4.員工知識技能表現

對於Celemi這樣的知識型企業來說，說「專家員工（請參考圖表21備注的定義）是企業利潤的創造者」是再真切不過了。在二○○○年度，該公司的平均專業年齡有所提高，從上一年度的九點二年上升到本年度的十點一年。但這增加了的專業經驗並沒有給Celemi帶來應有的價值。人均專家創值反而從上一年度的八十九萬七千下降到本年度的八十一萬七千。這跟該公司專家隊伍的不穩定狀態有關。專家更換率自一九九八年來逐年上升，在二○○○年度達到16%。專家在離去的時候把知識技能也一起帶走。因此，專家的離職對該企業來說是財富的流失。專家離職與該公司員工的滿意指數較低密切相關。在二○○○年度，只有48%的員工對工作和自己在公司的角色表示滿意。這種情況應當引起公司高層的重視，以便迅速查漏補缺。鑑於該公司擁有強大的客戶群，其發展的瓶頸在於他們的求才、養才、育才和留才能力。像上面提到過的Rockwater例

子，一群不穩定、不滿意的員工很難在長時間內為企業的客戶提供滿意的產品和服務，很難在長時間內為企業的發展盡力。

篇末小結

做好對知識資產的衡量計價，可以說是知識經濟時代企業單位的一項重要任務。這一篇側重於對如何衡量知識資產的介紹。我們分析了傳統財務指標在衡量知識資產上的不足，指出使用非財務衡量指標的重要性。我們還重點介紹了斯拜比所設計的無形資產監測表。

至於知識資產的計價問題，傳統上對資產計價是財務會計的任務。但由於傳統會計準則對無形資產的諸多限制，把知識資產納入到企業的資產負債表上還為時尚遠。目前，要求改革傳統會計對知識資產的不公平待遇的呼聲時有所聞。我們知道，現行會計體制已延續了五百年的歷史。雖個別處理程序、準則時有更新，但其基本架構、指導思想基本不變，估計短時間內也不會有太大的改變。這是因為修改既定的會計準則及其指導思想不是一件容易的事情。它需要會計準則的制定機構和工商企業界的共識。但是如果會計想保持與時代同步，會計體制的改革似乎勢所難免。究竟變與不變？如何變？讓我們拭目以待。

後　記

　　謝謝你閱讀了這本書！你閱讀、理解的過程實際上是一個知識轉移的過程。但是，僅此不夠。我想對於任何一本好的管理書籍，如果你不把它所介紹的原則應用到管理實踐中，那麼你所學到的只是書面的知識。理解理論性的內容、結合自己的體驗轉化成自己的知識、再應用到實踐中去、通過反饋加深你對理論的理解。總之，記住這本書所要傳達的一個信息：知識就是行動！而這個行動，只能靠你去完成。

　　知識管理是一門古老的學科，也是一門新興的學科。知識管理思想源於古代，但它卻離不開現代管理思想和現代網路技術的支持。它既是一門科學，也是一門藝術。它需要科學的嚴謹性，更需要藝術的創造性。它以知識為對象，研究的是世界上最複雜、最難捉摸、最富有活力的東西。知識管理還在發展著、變化著，最後它會走向何方，目前我們不得而知。

　　在這本書裡，我們首先介紹了知識管理產生的時代背景，指出知識管理出現的必然性。然後，我們就知識策略的制定、實施、管理、衡量作了系統全面的探討。為什麼需要知識？為什麼需要知識管理？知識是人類一切發明創造不竭的源泉，是二十一世紀社會價值的體現。知識時代要求我們的企業打破傳統管理觀念的束縛，從知識的角度去構造一個「新」企業。而且，知識管理所帶來的好處不單只體現在對企業的管理上，注

重知識能造益全社會。知識時代給個人提供更多實現自我價值的機會。政府部門、事業機構和軍隊都可以應用知識管理的原則，降低運作成本，提高運作效率。

　　儘管筆者在著書時務求對理論進行深入淺出的敘述，相信本書還會存在不少缺陷和漏洞。希望讀者、同行指正。另外，鑒於來自企業界的讀者可能會對知識管理的實際應用更感興趣，筆者正著手撰寫《知識管理應用指南》，作爲這本《智力資本——知識管理13堂課》的姊妹篇。如果讀者有什麼意見和建議，歡迎與作者聯繫（azhou@mbox.com.au）。讓我們一起共同推動知識管理事業在大中國範圍內的發展。

本書主要詞彙表

戰略管理過程——包括對企業外部和內部的營運環境的考察、戰略的制定、戰略的實施，和對從考察到實施的整個過程的評估和控制等一系列活動。

戰略性知識——是高層決策者們決定企業發展方向、設立戰略目標和制定相應策略時所需要的知識。

操作性知識——指企業生產、銷售一線的員工們完成他們的日常本職工作所需的知識。它與具體部門的日常運作活動緊密相關。

互聯網——是一個連接成千上萬商業機構、政府部門和學術、研究機構以及個人的全球電子網路系統。

內部環境因素——指企業結構、企業文化和企業內部可利用的資源，包括有形和無形的資產。

內部結構——指企業裡除了人之外，在經營過程中建立起來的、為企業所擁有的、支撐企業正常運作的綜合能力。它包括發明、專利、業務操作、處理流程、信息管理系統、行政管理體制以及企業結構、文化等。

內部網——內部網是採用互聯網技術建成的、只在企業範圍內使用的內部網路。

評估和控制——指對項目的實施過程、實施表現和實施結果進行監測的過程。

企業戰略——是企業經營的總綱領，是企業完成使命和實現目標的計畫大綱。

企業目標——是企業宗旨的具體化。它給企業定下要實現的目標和到什麼時候實現。

企業文化——是企業員工們的共同信仰、期望和價值的集合體。是企業作為一個整體所共同擁有的價值觀念和行為習慣。它決定一個企業思考、行動和應變的方式。

企業政策——指企業的決策原則和行動指南。這些具有操作性的指南把戰略的制定和戰略的實施連在一起。

企業宗旨（使命）——是一個企業存在的目的。它告訴外界這個企業給社會提供什麼東西。

商譽——傳統上指那些除了知識產權以外的、不能被區分開來的、但又屬於企業所有的無形資產。知識資產或智力資本學說試圖把這些無形資產區分開來。

實施程序——是一整套具體、詳細的步驟，告訴項目的執行人員如何實施該項目，以便於工作人員遵守執行。

實施項目——是實現既定戰略的具體活動。

數據——對企業來說，數據主要指對經營活動所發生事件的檔案記錄。

外部環境因素——包括世界、國內大的經濟環境和行業的競爭情況、產品或服務市場情況，以及它們的發展趨勢。

外部結構——指企業外部關係總和，包括企業與顧客、供貨商等的關係、企業的聲譽和形象等。

外部網——外部網可以看作是內部網的延伸。它是企業與其客戶、合作夥伴間的一個專用網路。

無形資產——會計上指的是知識產權和商譽。

顯性知識——指能用語言文字表達出來的知識，如書籍雜誌、規格尺寸、手冊說明書等。

信息——指處理過的、帶有意義的數據。

隱性知識——蘊藏在大腦裡面的、看不見的、涉及個人信仰、價值觀等、

只能從個人體驗中得到、同時又難以用語言表達出來的知識。

員工知識技能──指專業員工創造有形資產和無形資產的能力。

預算──是項目實施的預計成本費用。

專業員工──指那些在企業裡從事計畫、生產、管理或銷售的人員。

戰術性知識──是中、低層經理們所必須掌握的知識，用於完成他們職責範圍內的工作，監督指導短期工作目標的實現。

知識──知識是人類對某種現象或某個事物的理解，是一種高價值形式的信息。它與經驗緊密相關，是一種解決和處理問題的能力。

知識產權──指那些受法律保護、屬於某個個體或組織所擁有的一種無形資產，它包括專利、商標、發明、版權和品牌等。

知識工人──是那些在企業裡從事腦力工作的人員。對於這些人來說，知識和信息既是他們的原材料，也是他們的完工產品。

知識技術──指那些用於幫助記錄、倉儲、分享和傳遞知識的電腦軟件。

知識的社交過程──是一個分享知識、分享經驗、產生隱性知識的過程。

知識的外顯過程──是一個把隱性知識轉化為顯性知識的過程。

知識的合併過程──是把已有的顯性知識通過分析、歸類和重新編纂，使之以新的形式出現，並且把這新知識系統地納入到企業的知識系統裡。

知識的內化過程──是把顯性知識轉化為隱性知識的過程。

知識管理──對組織知識的創造、儲存、分享和再利用過程進行管理，同時構建一個注重知識的企業文化，以促進知識的有效開發和利用。

知識管理系統──用於處理知識的獲取、儲存、傳遞和分享的電腦信息系統。

知識資產──包括員工知識技能、內部結構和外部結構。

互聯網上的知識管理資源選介

（英文部分）

商務研究者網站（Business Researcher's Interests）：

http://www.brint.com/interest.html

這個網站提供管理學方面的百科全書式的信息。它幾乎涵蓋了管理領域裡的方方面面。但尤其適合那些對知識管理和電子商務感興趣的人士。網站上有大量的篇幅探討知識管理的理論發展和實際運用問題。

財星網站（Fortune）：

http://cgi.pathfinder.com/forturn

這個網站主要討論商務的發展趨勢。在這網站上也能找到許多對當今世界具有影響的商業鉅子的介紹，如微軟的比爾‧蓋茨等。這個網站還包含了所有在《財星》雜誌發表過的文章（其中有許多關於知識管理方面的題材）。

哈佛商業評論（Harvard Business Review）：

http://www.hbsp.harvard.edu/products.hbr/index.html

這是一個極有價值的網站。在這個網站上能找到一些對當代極富影響的管理學家，如麥克爾‧波特（Michael Porter）、羅伯特‧卡普蘭（Robert Kaplan）和羅伯特‧西蒙（Robert Simmns）所撰寫的文章和案例分析。如果讀者繳交會員費，則可以讀到近期《哈佛商業評論》雜誌上所刊登的文章。

美國知識管理認證局的培訓機構──知識培訓中心

（eKnowledge center Website）：

http://www.eknowledgecenter.com

網站主要為那些想獲取知識管理證書的學員所設。上面有新聞動態、證書課程介紹、線上註冊繳費、線上學習輔導等欄目。

全球知識經濟委員會（GKEC Website）：

http://www.gkec.org

這個委員會一直致力於在全球範圍內推廣知識經濟，現已由美國國家標準學會授權起草美國知識管理標準。網站實際上是委員會的一個對外窗口。到訪者可以閱讀到有關委員會的一些介紹材料（如委員會的職權範圍等）及其活動情況。

斯拜比諮詢公司（Sveiby Website）：

http://www.sveiby.com

這是斯拜比所成立的諮詢公司的網站。網站上除了可看到斯拜比的個人檔案外，圖書館專欄收錄了大量的、有關知識管理和無形資產的文章，主要分為五大類：知識管理的介紹、知識的概念、企業知識管理、無形資產的衡量以及知識的營銷。

斯提沃特諮詢公司（The Stern Stewart Website）：

http://www.eva.com

這是斯提沃特諮詢公司的網站，上面主要介紹經濟附加值（EVA）的計算和應用，大概包括如下幾方面的內容：什麼是經濟附加值？怎麼計算？它有什麼意義？優於其他衡量指標的地方，它的使用等。

平衡計分卡（The Balance Scorecard Collaborative）：

http://www.bscol.com

對平衡計分卡感興趣的讀者，這個網站值得流連。上面登有平衡計分卡的奠基人之一———羅伯特‧開普蘭在一些研討會上對平衡計分卡的介紹。那些感興趣平衡計分卡應用的個人和企業可以讀到一系列關於如何在企業，實施平衡計分卡的經驗之談。

衛格先生的知識管理研究學會（Wiig Website）：

http://www.krii.com

這是衛格先生所成立的知識管理研究學會的網站。到訪者可以讀到衛格先生的個人簡歷介紹、他所從事的研究以及所發表過的一些文章等。

（中文部分）

中國知識管理網

http://www.chinakm.com

網站上有知識管理活動、研討會、新聞動態、知識管理資源、知識管理解決方案、知識管理活動展覽和知識論壇等欄目。

台北銘傳大學公共事務研究所公共行政研究網絡

http://www.mcu.edu.tw/department/pubaffair/parn/pais/knowledge.htm

網頁上有一系列關於知識管理的欄目：包括知識的社會學、學習型組織、技術管理、智慧資本（本書採用「智力資本」──詞，意義相同）等。其中對知識管理的解釋淺顯易懂，值得一讀。

主要參考文獻

（英文部分）

Bontis, N. (1998), "Intellectual Capital: An exploratory study that develops measures and models", *Management Decision*, 36 (2), pp. 63-76.

Davenport, T., De Long, D. and Beers, M. (1998), "Successful Knowledge Management Projects", *Sloan Management Review, Winter* 1998, pp. 43-57.

Danvenport, T. and Prusak, L. (1998), *Working Knowledge: How organisations manage what they know*, Harvard Business School Press, Boston, Massachusetts.

Doucet, K. (2001), Know What You Know, *CMA Management* 75 (1), 9.3.

Drucker, p. (1993), *Post-Capitalist Society*, Harper Business, New York.

Drucker, P. (1999), *Management Challenge for the 21st Century*, Harper Collins, New York.

Dzinkowski, R. (2000), "The Measurement and Management of Intellectual Capital: An introduction", *Management Accounting*, 78 (Feb), pp. 32-36.

Edvinsson, L. (1997), "Developing Intellectual Capital at Skandia", *Long Range Planning*, 30 (3), pp. 366-373.

Fink, D. (2000), "Maximising Intellectual Capital through Technology-Enabled Knowledge Management", *Working Paper*, School of Management Information Systems, Edith Cowan University, Perth.

Guthrie, J. (2001), "The Management, Measurement and the Reporting of Intellectual Capital", *Journal of Intellectual Capital*, 2 (1), pp. 27-41.

Handzic M. (2001), " Knowledge Management: A research framework", in *Proceedings of the European Conference on Knowledge Management*, Bled.

Horibe, F. (1999), *Managing Knowledge Workers: New skills and attitudes to unlock the intellectual capital in your organisation*, Ontario, John Wiley & Sons

Huang, K., Lee, Y., and Wang, R. (1999), *Quality Information and Knowledge*, Prentice Hall, New Jersey.

James, D. (1997), "The Troubled Language of Accounting Gets Tongue-tied Over Intangibles", *Business Review Weekly* (October), pp. 92-94.

Junnarkar, B. and Brown, C. (1997), "Re-assessing the Enabling Role of IT in Knowledge Management", *Journal of Knowledge Management*, 1 (2), pp. 142-148.

Kaplan, R. and Norton, D. (1996), *The Balanced Scorecard: Translating strategy into action*, Boston, MA, Harvard Business School Press

Leidner, D. (1999), "Information Technology and Organisational Culture", in Galliers, R., Leidner, D., and Baker, B., (Ed.), *Strategic Information Management: Challenges and strategies in managing information systems*, Butterworth-Heinemann, pp. 523-550.

Leonard-Barton, D. (1995), *Wellsprings of Knowledge: Building and sustaining the sources of innovation*, Boston, Harvard Business School Press.

Longford, R. (1999), "Funding Intellectual Capital: The valuation dilemma", *Australian CPA*, (April), pp. 22-23.

McGill, M. and Slocum, J. (1994), *The Smarter Organisation: How to build a business that learns and adapts to marketplace needs*, John Wiley & Sons.

Nonaka, I. and Takeuchi, H. (1995), *The Knowledge Creating Company: How 1 Japanese companies create the dynamics of innovation*, Oxford University Press, Oxford.

Pan, S. and Scarbrough, H. (1999), "Knowledge Management in Practice: An exploratory case study", *Technology Analysis and Strategic Management*, 11, pp. 359-374.

Petrash, G. (1996), "Dow's Journey to a Knowledge Value Management

Culture", *European Management Journal*, 14, (4), pp. 365-373.

Polanyi, M. (1962), *Personal Knowledge*, Chicago, University of Chicago Press

Polanyi, M. (1966), "The Logic of Tacit Inference", *Puilosophy*, 41 (1), pp. 1-18.

Roos, J., Roos, G., Dragonetti, N., and Edvinsson, L. (1997), *Intellectual Capital: Navigating the new business landscape*, London, Macmillan Business.

Senge, P. (1990), *The Fifth Discipline*, New York, Doubleday Currency.

Stewart, T.A. (1997), *Intellectual Capital: The new wealth of organisations*, Nicholas Brealey Publishing, London.

Sveiby, K. (1997), *The New Organisational Wealth: Managing and measuring knowledge based assets,* Berrett-Koehler Publishers, Inc., San Francisco.

Swan, J. and Newell, S. (2000), "Linking Knowledge Management and Innovation", in *Proceedings of the 2000 European Conference on Information System*, Vienna, pp. 591-598.

Toffler, A. (1990), *Powershift: Knowledge, Wealth and Violence at the Edge of the 21st Century*, Bantam Books, New York.

Wiig, K. M. (1995), *Knowledge Management Methods: Practical approaches to managing knowledge*, Arlington Texas, Schema Press.

Wiig, K. M. (1997), "Knowledge Management: Where did it come from and where will it go?" *Journal of Expert Systems with Applications*, Special issues on knowledge management, Autumn 1997.

Wiig, K., (1999), "Successful Knowledge Management: Does it exist?" In *Manuscript for the August 1999 Issue of the European American Business Journal*, Available on the Website http://www.krii.com (accessed: 15/03/2000).

Zhou, A. Z. (2002), "Measuring Brainpower: The role of financial controllers", *Journal of Banking and Financial Services*, 116 (2), April 2002.

Zhou, A. Z. and Fink, D. (2003), " The Intellectual Capital Web: A systematic linking between knowledge management and intellectual capital", *Journal of Intellectual Capital,* 4 (2), May (Forthcoming).

Zhou, A. Z. and Sun, L. A. (2001), "Intellectual Capital: Manage it or die", *Journal of Banking and Financial Services,* 115 (1), February 2001.

Zhou, A. Z. (2001), "Maximising Intellectual Capital", *Campus Review,* September 5-11 2001.

Zhou, A. Z. (2000), "Knowledge Management and Intellectual Capital: In search for the Elusive link", Proceedings of the 1st International We-B Conference, Perth, Western Australia, December 2000.

（中文部分）

C. A. 范坡伊森著，劉東、謝維和譯，《維特根斯坦哲學導論》，第一版，四川人民出版社，一九八八年五月。

蕭琛著，《全球網絡經濟》，第一版，華夏出版社，一九九八年九月。

致　謝

　　本書的寫作出版離不開許多人的幫助和支持，作者謹在此致謝。澳洲依迪斯・科文大學（Edith Cowan University）商務與公共管理學院主管研究生部工作的副院長、管理信息專業副教授迪特・芬克（Dieter Fink）博士、作者現導師之一、澳洲新南威爾斯大學（The University of New South Wales）信息系統、技術管理專業高級講師、知識管理研究小組負責人馬麗荷・韓姬（Meliha Handzic）博士在百忙當中為本書作了序。還有，美國帆尼麥公司高級軟件設計開發師瓊安娜・周（Joanne Zhou）J女士、澳洲楊森公司產品經理王虹（Hong Wang）女士、澳洲東龍醫療設備公司總經理趙志強（Michael Zhao）先生，以及澳洲莫隆衛生保健集團公司會計部經理鄭超（Jim Zhen）先生閱讀了本書全部或部分書稿，並提出了許多改進的建議；最後，本書的成功出版自然離不開香港經濟日報出版社同仁的鼎力相助，作者在此一一表示衷心的感謝。

經商社匯 6

智力資本——知識管理13堂課

作　　者	周宗耀
總 編 輯	初安民
責任編輯	陳思妤
美術編輯	許秋山
校　　對	呂佳真　陳思妤

發 行 人	張書銘
出　　版	**INK**印刻出版有限公司
	台北縣中和市中正路800號13樓之3
	電話：02-22281626
	傳真：02-22281598
	e-mail：ink.book@msa.hinet.net
法律顧問	漢全國際法律事務所
	林春金律師

總 經 銷	成陽出版股份有限公司
	訂購電話：03-3589000
	訂購傳真：03-3581688
	http：//www.sudu.cc
郵政劃撥	19000691 成陽出版股份有限公司
印　　刷	海王印刷事業股份有限公司

出版日期　2004 年 7 月　初版
ISBN 986-7420-04-7

定價　280元

Copyright © 2004 by Albert Zongyao Zhou
Lu Dong-hsi, Huang Hsu-chu
Published by INK Publishing Co., Ltd.
All Rights Reserved
Printed in Taiwan

國家圖書館出版品預行編目資料

智力資本：知識管理13堂課／周宗耀 著.
　--初版，--臺北縣中和市：INK印刻，
　2004〔民93〕面；　公分

　　　ISBN 986-7420-04-7（平裝）
　　　　1. 知識管理

494.2　　　　　　　　　93010029

本書由香港經濟日報出版社授權出版